Josephine Siebe

Die Oberheudorfer in der Stadt

Allerlei heitere Geschichten von den Oberheudorfer Buben und Mädeln

Josephine Siebe

Die Oberheudorfer in der Stadt
Allerlei heitere Geschichten von den Oberheudorfer Buben und Mädeln

ISBN/EAN: 9783337361792

Hergestellt in Europa, USA, Kanada, Australien, Japan

Cover: Foto ©Andreas Hilbeck / pixelio.de

Weitere Bücher finden Sie auf **www.hansebooks.com**

Die Oberheudorfer in der Stadt

Allerlei heitere Geschichten
von den Oberheudorfer Buben und Mädeln

von

Josephine Siebe

Mit vier farbigen Vollbildern und zahlreichen
Textillustrationen

3

von *Karl Schmauk*

Stuttgart
Verlag von Levy & Müller

Inhalt.

Auf dem Johannesplan.

Auf den Stufen, die zu der altersgrauen Stadtkirche von Feldburg emporführten, saßen drei Kinder: zwei Buben und ein Mädel. Es war just um die Zeit, da es die Blumen schrecklich langweilig finden, immer warm und wohlbehütet im braunen Erdbettchen zu liegen, und lieber hinaus wollen, um die Sonne zu sehen und den blauen Himmel. Auch die drei Kinder ließen sich die Frühlingssonne behaglich auf die Nasen scheinen. Mit untergeschlagenen Armen und weit vorgestreckten Füßen saßen die drei da und schauten unverwandt nach einem kleinen Haus hinüber, das in einem Winkel lag. An dem Haus war eigentlich nicht viel zu sehen. Es war das unscheinbarste und kleinste am Johannesplan – so wurde der Kirchplatz genannt. Ein bissel schüchtern und schief stand es in seinem Eckchen, zwei vornehme Nachbarn zur Seite. Links wurde es von dem Schulhof des Gymnasiums begrenzt, zur rechten Seite stand ein prächtiges, altertümliches Haus. Recht vornehm, ja beinahe hochmütig sah das aus; seine Fenster waren fest verschlossen und verhüllt, und über dem breiten Tor trug es ein großes steinernes Wappen.

»Es ist noch immer zu,« sagte das eine Mädel und warf einen flüchtigen Blick auf die verhängten Fenster des großen Hauses. Die Kleine seufzte, und da keiner der Buben etwas sagte, begann sie wieder: »Ich möchte nur wissen, wann er kommt!«

»Wer?« fragte der eine Junge kurz, »der Professor oder der Junge aus Oberheudorf?«

»Natürlich der Junge!« rief das Mädel, verwundert, daß der Gefährte überhaupt fragen konnte.

Der, ein stämmiger, hellblonder Junge, dem eine kleine, lustige Himmelfahrtsnase keck im runden Gesicht stand, brummte etwas mürrisch: »Du bist ganz verdreht mit deinem Oberheudorfer Jungen, Füchslein. Wer weiß, was du gehört hast!«

»Ich habe schon recht gehört; Fräulein Wunderlich hat es meiner Mutter erzählt, sie bekämen einen Jungen aus Oberheudorf in Pension, für den der Graf Dachhausen alles bezahle. Freilich, das Warten ist langweilig.«

Die Kleine stand auf und rekelte sich. Sie war ein feines, hübsches Ding mit einem Paar rotblonder Zöpfe und braunen, lachenden Augen. Um der roten Haare willen nannten ihr Bruder Ulrich und ihr Freund Jobst sie »das Füchslein«; der Neckname kränkte sie aber nicht, ja sie war schon so daran gewöhnt, daß sie fast erstaunt war, wenn sie einmal jemand mit ihrem Taufnamen Marianne ansprach.

»Sei nicht so ungeduldig!« knurrte Ulli und sah gelassen weiter nach dem Häuschen hinüber. Einmal würde ja dort die Türe aufgehen, und er, Ulrich Sonntag, hatte das Warten gelernt. So rasch und flink in Wort und Tat das Füchslein war, so langsam und bedächtig war ihr Bruder Ulli. Dem spazierte jedes Wort immer fein sacht aus dem Munde heraus, und die Schwester sagte manchmal ungeduldig: »Du sagst aber auch erst zu Mittag guten Morgen, so lange dauert es bei dir!«

»Ist besser, als vor Eifer mit der Nase in die Suppenschüssel fallen,« gab dann wohl der Bruder zurück. Da lachte die Schwester, und die beiden waren wieder die allerbesten Freunde; langes Bösesein kannten sie nicht.

»Jetzt wird die Türe aufgemacht,« schrie Marianne Sonntag plötzlich. »Vater Wunderlich ist's, der sagt uns, ob der Junge wirklich kommt.« Sie schnellte auf und raste über den Platz nach dem kleinen Haus hinüber, aus dem jetzt ein alter Herr trat. Jobst rannte der Freundin nach, Ulrich aber blieb sitzen, er dachte gelassen: »Sie werden schon herüber kommen.«

Sie kamen auch wirklich, denn Herr Matthias Wunderlich wollte in die Kirche gehen. Das Füchslein hing an seinem Arm und schwatzte: »Vater Wunderlich, ist das wahr, kommt ein Junge aus Oberheudorf zu dir, und ist das der, von dem mein Onkel Doktor sagt, er wäre ein kleiner Held, weil er einmal im Winter bei Gewitter – – –«

»Aber Füchslein,« rief Jobst lachend, »bei einem Schneesturm war es doch.«

»Ach ja, das meine ich doch auch,« sagte Marianne verlegen. Sie redete nämlich mitunter wirklich so geschwind, daß etwas anderes herauskam, als sie sagen wollte.

Der Organist hatte es aber doch verstanden, und just am Fuße der Treppe, so daß Ulli die Antwort hören konnte, erwiderte er freundlich: »Ich weiß schon, was du meinst, Mädel. Ja, das ist der Junge, der einmal, um Medizin für seine kranke Pflegemutter zu holen, den weiten Weg von Oberheudorf bis hierher gelaufen ist; er wäre ja damals beinahe im Schnee umgekommen!«

»Und was will er hier, warum kommt er her?« rief das Füchslein und hielt den alten Mann fest, der gerade den riesigen Schlüssel in das Schloß der Kirchtüre stecken wollte.

»Lernen soll er hier, auf das Gymnasium gehen.«

»Ein Junge aus 'nem Dorf auf das Gymnasium?« schrie Jobst und sah so hochmütig drein, als wäre Gymnasiastsein die höchste Würde.

»Warum nicht, wenn er gut lernt?« Vater Wunderlich schaute Jobst von Hellfeld mit seinen klaren, guten Augen ernst an. »Dieser Friede, der zu mir kommt, ist ein armer Waisenjunge, und wenn man den auf das Gymnasium schickt, muß er doch schon ein besonders fleißiger Bube sein!«

»Ich bin schrecklich neugierig auf ihn,« versicherte das Füchslein eifrig, »o so neugierig! Wann kommt er denn, und wie heißt er weiter, und warum kommt er gerade zu dir, Vater Wunderlich, und wie sieht er aus?«

»Wie er aussieht, wirst du ja sehen. Zu mir kommt er, weil der Lehrer in Oberheudorf mich kennt; der bat mich auch, den Jungen wenigstens auf ein halbes Jahr zu nehmen, bis er sich etwas an die Stadt gewöhnt hat.«

»Wenn – – wenn – – er sich aber draußen nicht die Schuhe abstreicht?« fragte Füchslein ganz ängstlich.

Fräulein Wunderlich war nämlich als sehr ordnungsliebend bekannt, und fast jedes Kind, das in das Haus kam, hatte schon tüchtige Schelte bekommen wegen unsauberer Schuhe, nasser Regenschirme und dergleichen. Einen Schmutztaps auf den weißgescheuerten Treppen konnte das Fräulein nicht vertragen. Und dabei kamen viele Kinder in das Haus, denn der Organist Wunderlich war ein sehr gesuchter Musiklehrer.

»Dann wird sie wohl schelten,« sagte der alte Mann und seufzte ein klein wenig bei des Füchsleins ängstlicher Frage. »Aber nun laß mich los, Kind, ich muß in die Kirche gehen, meine Orgel verlangt nach mir.«

»Ach bitte, bitte,« flehte Marianne und hielt den Organisten ganz fest, »sage mir noch, liebster, bester Vater Wunderlich, wird wirklich über die Oberheudorfer Kinder ein Buch geschrieben?«

Der alte Herr lachte: »Ja, man sagt so, Kind. Die Oberheudorfer meinen, ihre Kinder machten so viele dumme und lustige Streiche, daß man gleich ein paar Bücher davon schreiben könnte. Und wahr ist's ja: wie mein künftiger Pflegesohn zu seiner Pflegemutter gekommen ist, und daß man ihn hierher schickt auf das Gymnasium, das sind lauter lustige und auch ein bißchen ernsthafte Geschichten.«

»Ach, ich verhungere schon vor Neugier auf den Jungen,« rief das Füchslein, »wäre er doch erst da!«

»Abwarten und Tee trinken, sagte meine Mutter schon.« Vater Wunderlich hatte nun wirklich die Kirchentüre aufgeschlossen. Er befreite sich von Mariannes Händchen, nickte den Kindern freundlich zu und trat in die Kirche. Sonst schlüpften die drei ihm gerne nach und lauschten still auf einer Bank den schönen Klängen der Orgel; heute waren sie, besonders das Füchslein, zu ungeduldig. »Ich muß essen,« sagte das Mädel seufzend; »wenn ich warten muß, fährt's mir allemal in den Magen.«

Die Buben waren damit einverstanden, ihr Vesperbrot zu verzehren. Hunger hatten sie immer, und ob der von der Neugierde oder von der Ungeduld kam, war ihnen gleichgültig, Hunger ist Hunger.

Während alle drei schmausten, redete das Füchslein wieder von dem Oberheudorfer Jungen. In dem Hause der Sonntags – es war ein altes, wohlhabendes Kaufmannshaus – diente ein Mädchen, das aus Berenbach bei Oberheudorf stammte. Diese Katerliese – sie hieß Katharina Luise und wurde von den Kindern einfach Katerliese genannt – hatte viel von dem freundlichen Dorf erzählt, von den Bergen, Wäldern und Tälern der Heimat; ihrer Meinung nach gab es nichts Schöneres auf der Welt als Berenbach und Oberheudorf. Sie pflegte zu sagen: »Die Oberheudorfer sind was Besonderes; was wo anders eine Dummheit ist, wird bei ihnen eine lustige Geschichte.«

»Katerliese sagt,« begann Marianne gerade wieder zwischen Kauen und Schlucken, »in Oberheudorf – –«

»Nun sei schon damit still,« schrie Jobst von Hellfeld plötzlich, »du redest immer nur von Oberheudorf, und wie es meinen Kaninchen geht, danach fragst du nicht.«

Das Füchslein lachte, schlang den Arm um den Freund und sagte neckend: »Tu doch nicht so, bist ja auch neugierig; aber erzähl', ist der neue Stall schon fertig?«

Während die Kinder draußen auf der Kirchentreppe im Sonnenschein saßen und von den Kaninchen, Ullis Schildkröten, Oberheudorf und der Schule, die am Mittwoch beginnen sollte, plauderten, saß drinnen Herr Wunderlich an seiner Orgel und spielte leise; nur mit halben Gedanken war er beim Spiel. Dem freundlichen alten Manne war das Herz ein bißchen schwer. Als sein Verwandter, der Lehrer von Oberheudorf, ihn gefragt, ob er wohl für einige Zeit einen Buben in sein Haus aufnehmen wollte, hatte er gleich zugesagt. Was er von diesem Friede hörte, gefiel ihm sehr; er dachte, der würde ein recht guter, kleiner Hausgenosse sein. Ein braver, fleißiger Junge sollte dieser Friede sein, ein armes Waisenkind, dem sie im Dorf alle herzlich die Freistelle am Gymnasium in Feldburg gönnten, ihm und seiner braven Pflegemutter. So gern Herr Wunderlich ja gesagt hatte, so ungern tat es nachher seine Schwester; die seufzte von früh bis abends: »Der Junge wird uns eine rechte Last sein.«

Hörte sie jetzt von einer Bubendummheit, dann sagte sie gewiß: »So was wird der Friede auch anstellen!« Kamen mit Lärm und Geschrei die Gymnasiasten über den Johannesplan, dann seufzte sie: »Bald wird in unserem Haus auch solcher Lärm sein!«

Das Fräulein war eigentlich nicht böse, nur sehr heftig und leicht erzürnt, auch wollte sie immer recht behalten. Weil sie nun von Anfang an gesagt hatte, ein Bube passe

13

nicht in ihr stilles Haus, darum sagte sie das jetzt täglich, früh, mittags und abends. »Hoffentlich geht es gut aus,« seufzte Herr Wunderlich an seiner Orgel. »Ich wollte beinahe, der Junge bliebe in Oberheudorf.«

Traumfriedes Abschied.

Just um die gleiche Zeit, da die drei Kinder auf der Kirchentreppe von Feldburg von dem Oberheudorfer Jungen sprachen, der zu Vater Wunderlich kommen sollte, ging dieser Bube in seinem Heimatort von Haus zu Haus, um Abschied zu nehmen. Traumfriede nannte man den schlanken, blonden Jungen im kleinen Dorf zum Unterschied von ein paar gleichnamigen Genossen, dem dicken Friede und dem blauen Friede. An diesem Tage war der Traumfriede aber gar kein Träumer, er war vielmehr ganz wach und munter und sah jeden Menschen, jedes Haus, jeden Baum und Strauch an, als müßte er sich die Abbilder davon fest, fest in sein Herz einprägen. Zum Träumen ließen ihm aber auch seine Freunde und Freundinnen keine Zeit; ein ganzer Trupp lief mit ihm, und mitunter tat sich da und dort ein Fenster auf, und jemand sagte brummend: »Nä, die Kinder sind heute aber auch zu toll, sie tun ja gerade, als wäre Jahrmarkt, so einen Lärm machen sie.«

Traumfriedes Abschied.

Die Kinder von Oberheudorf scherten sich kein bißchen
um die ärgerlichen Zurufe und Verbote; sie meinten heute
ein Recht zu haben, sehr laut zu sein. Es war doch keine

Kleinigkeit, wenn auf einmal ein Dorfbube, dazu noch ein armer Waisenjunge, plötzlich in die Stadt ziehen sollte, um dort ein Gymnasiast zu werden. Schon das Wort klang so feierlich. Die meisten Kinder konnten es gar nicht richtig aussprechen, und Anton Friedlich hatte es flugs umgeändert und sagte: »Kimm na'm Ast.« Und merkwürdigerweise merkten sich diesen Namen alle Buben und Mädel ausgezeichnet. Also ein »Kimm na'm Ast« sollte Traumfriede werden und später ein Student, – und da sollen seine Kameraden nicht schreien und laut schwatzen am letzten Tag? Na, das wäre doch wirklich etwas viel verlangt gewesen! Es gab auch vor jedem Haus einen kleinen Aufstand. Während der Bube hineinging und Abschied nahm, redeten die Kinder laut von der Stadt, und ob Traumfriede drinnen im Bauernhaus wohl etwas geschenkt bekommen würde. Denn fürs Schenken – sie mußten aber die Beschenkten sein – waren die Oberheudorfer Kinder alle sehr eingenommen.

Sie standen alle zusammen, die ungefähr in Friedes Alter waren. Schulzens Jakob, seine Schwester Röse, Annchen Amsee, Anton Friedlich, Schnipfelbauers Fritz und Krämers Trude. Natürlich fehlten weder der dicke noch der blaue Friede, die beiden mußten doch ihren Namensvetter begleiten. Und Heine Peterle war auch da, der erst recht. Mit einem so wütenden Gesicht ging der einher, als hätte er einen Krug voll Essig getrunken. »Nä, in die Stadt,« murrte er immerzu, »zu dumm, da ging ich nich rein!« Er versicherte dabei aber doch dem Traumfriede, er würde ihn besuchen, ganz gewiß.

Heine Peterle dachte noch immer voll Entsetzen an den einzigen Tag zurück, den er einmal in der Stadt verlebt hatte. Zu dumm waren doch die Leute in der Stadt und gleich immer so grob! Nein, da war es doch in Oberheudorf viel, viel schöner, und ordentlich mitleidig schaute er den

17

Traumfriede an, der gerade wieder aus einem Hause kam. Der Friede fühlte sich aber just gar nicht bemitleidenswert, sondern meinte, ihm gehe es recht gut auf der Welt. Überall bekam er freundliche Worte zu hören, wohl auch eine kleine Abschiedsgabe, und jeder sagte: »Aber gelt, wenn du heimkommst, siehst du bei mir ein, na, und vielleicht besuchen wir dich mal in der Stadt.«

Ihn in der Stadt zu besuchen versprachen ihm auch alle seine Freunde und Freundinnen einmütig, Schulzens Jakob sagte sogar: »Kann sein, ich komme schon nächste Woche.«

»Wenn's nämlich der Vater erlaubt,« fuhr seine Schwester Röse dazwischen, »der hat aber gesagt, mit der dummen Stadtfahrerei wär's nichts.«

»Ha, meiner hat g'sagt, ich därf, wenn ich nur mal'n Einser bring',« schrie Anton Friedlich so stolz, als trüge er die Einser schockweis in der Hosentasche herum.

»Dann wirst du wohl am Nimmermehrstag in die Stadt fahren,« kicherte Annchen Amsee, und die andern schrieen und lachten: »Du kommst aber fix hin!«

Anton Friedlich war nämlich ein ausgemachter Faulpelz, und seine Einser hatten meist recht hübsche Querbalken und wurden Vierer genannt. Der Bube schrie aber doch ganz patzig: »Pah, werd' schon sehen, und vielleicht werd' ich auch noch mal'n Kimm na'm Ast.«

So unter Geschwätz und Geschrei, Necken und Lachen hatte Traumfriede seine Abschiedsbesuche gemacht, und die Zeit, da die Bäuerinnen die Abendsuppe auftischten, war gekommen. Friede nahm am Dorfbrunnen Abschied von seinen Gefährten; ein wenig kurz und eilig ging es dabei zu, denn Friede war das Herz schwer, und er konnte nicht viel sagen. Die andern aber hatten sich alle vorgenommen, morgen vor Tau und Tag aufzustehen und dem Freund noch einmal Lebewohl zu sagen. Kaspar auf dem Berge, der Wirt zur himmelblauen Ente, wollte am nächsten Morgen um vier Uhr die Stadtfahrt antreten und Friede mitnehmen samt seinem recht bescheidenen Köfferlein.

Als Traumfriede sich dem Häuslein der Muhme Lenelies, seiner Pflegemutter, näherte, sah er am Zaun dort Waldbauers Mariandel stehen. Das Mädel war vorangelaufen, um mit seinem guten Kameraden noch ein Weilchen zu schwatzen, und eifrig kam es ihm entgegen und erzählte, die Muhme habe Besuch, und mit dem Abendbrot sei es noch nicht so weit. Da liefen die Kinder den kleinen Nußberg hinauf, der über dem windschiefen Häuslein der Muhme anstieg, und oben setzten sie sich unter einen Haselbusch, der erst winzige, feine Blättchen hatte, und sprachen von Friedes künftigem Leben.

»Und Pfingsten kommst du wieder in die Ferien heim,« sagte Mariandel, froh, daß Pfingsten so bald schon auf Ostern folgen sollte.

Doch Friede schüttelte den Kopf: »Muhme Lenelies hat gesagt, so bald heimkommen gibt kein Geschick; vor den Sommerferien wird's nichts.«

»Oh,« schrie Mariandel entsetzt, »meine Mutter meint, du würdest wohl oft auf Sonntag kommen.«

»Die Muhme will's nicht, und der Herr Lehrer sagt auch, es wäre besser, ich lebte mich erst ordentlich in der Stadt ein, nur – – nur – – wenn ich's mal gar nicht aushalten könnte vor Heimweh, dann dürfte ich kommen, aber das tue ich nicht – – weil's doch feig wär.«

Mariandel schwieg betrübt, und die Kinder saßen still beisammen. Da tat sich auf einmal unten die Türe auf, und Muhme Lenelies trat heraus mit ihrem Gast: der Schulze war es selbst. Er war gekommen, um mit der alten Frau noch allerlei über ihren Pflegesohn zu sprechen, und als er jetzt aus dem Hause ging, sagte er – und der Wind trug die Worte zu den Kindern auf dem Nußhügel empor –: »Nun vermahne Sie den Buben nur noch ordentlich scharf, Muhme, damit er unserm Dorf keine Schande macht in der Stadt und kein eingebildeter Zierbengel wird oder gar dumme Streiche macht. Eine tüchtige Predigt zum Abschied ist allemal gut, himmelangst muß es so'nem Bengel werden!«

Friede wurde puterrot vor Entrüstung, und dem weichherzigen Mariandel kamen gleich die Tränen; es flüsterte: »Aber du bist doch brav und hast nichts getan!«

»Sei still,« tuschelte Friede, denn Muhme Lenelies sprach unten, und in diesem Augenblick kam es dem Buben gar nicht in den Sinn, daß er eigentlich lauschte; es war ihm plötzlich so schwer und bang ums Herz geworden. Würde die Muhme auch denken, daß es nötig sei, ihn hart zu vermahnen?

»Von so'ner Predigt halte ich nicht viel. Seht, so ein Kinderherz ist wie ein Garten im Frühling, man sät und pflanzt hinein und muß dann halt geduldig warten, ob alles blühen und reifen will. Man gießt immer achtsam, zieht ein Unkräutlein aus, aber viel hilft nicht immer viel, und wenn man den Garten überschwemmt, geht der Samen erst recht nicht auf. Alles mit Maßen, Schulze, und alles zu seiner Zeit. Ich habe an meinem Friede getan, was ich konnte, aber ihm heute den letzten Abend noch mit ellenlangen Ermahnungen verderben, das will ich lieber lassen; vergißt er mich und meine Worte, dann vergißt er auch die lange Predigt.«

»Muhme Lenelies,« schrie Friede plötzlich oben unterm Nußstrauch und raste den Abhang hinab, »ich vergeß dich nicht, ich vergeß dich nie, und ich werde dir gewiß keine Schande machen.« Da hing er schon am Hals der alten Frau, und alles Abschiedsleid, das er bisher tapfer unterdrückt hatte, brach hervor; er weinte bitterlich und vergaß ganz, daß Buben immer meinen, ein paar Tränen zur rechten Stunde wären eine Schande.

Über den Kopf des weinenden Jungen hinweg, den sie sacht streichelte, sah die Muhme mit ihren klugen, freundlichen Augen still den Schulzen an. Der nickte, schüttelte den Kopf und sagte endlich: »Weiß der Himmel, nä, Ihr seid doch ein ausnehmend kluges Weibsbild, Muhme. Hm, ja, na lebt wohl! Gib mir die Hand, Friede, und heule nicht, und das sage ich dir, wenn du mal vergißt, was du der Muhme verdankst, dann schlag' ich dir alle Knochen entzwei.«

Damit ging der Schulze seinem Hause zu, und Friede hatte nun doch seine Abschiedspredigt erhalten. Sie kränkte ihn aber nicht und trübte nicht den stillen Frieden dieses

21

letzten Abends. Die Muhme und ihr Pflegesohn sprachen fröhlich von den Tagen, die kommen sollten, und von denen, die vergangen waren. Waldbauers Mariandel hatte dableiben dürfen, und auf ihr Flehen erzählte Muhme Lenelies selbst die Geschichte, wie Friede einmal durch den Schornstein in ihren Suppentopf gefallen war. »Da biste mir gleich ins Herz gefallen, mein Junge,« schloß die alte Frau ihre Erzählung. »So, und nun bring das Mariandel heim, und dann gehst du zu Bett; morgen um vier fährt Kaspar auf dem Berge schon los, da heißt es früh aufstehen.«

Ich werde sicher nicht schlafen, dachte Friede, als er zu Bett ging. Dann schlief er aber doch wie ein Murmeltier und mußte sich erst besinnen, was eigentlich für ein Tag sei, als die Muhme ihn weckte. Er war sogar noch ein bißchen verschlafen, als er im grauen Morgendämmern – denn die Sonne war noch gar nicht aufgegangen – mit Muhme Lenelies vor der himmelblauen Ente anlangte. Dort schirrte gerade der Knecht die Pferde an, und eben trat auch der Wirt aus dem Haus und rief freundlich: »Na, da ist ja unser Städter! Nun man aufgesessen, eins, zwei, drei, und keinen langen Abschied.«

Dafür war Muhme Lenelies auch nicht, sie umarmte noch einmal ihren Pflegesohn und sagte schlicht: »Zieh mit Gott,« und dann rollte der Wagen die Dorfstraße entlang. Die Muhme aber drehte sich um und kehrte rasch in ihr Häuschen zurück; es brauchte keiner zu sehen, wie bitterschwer ihr doch der Abschied wurde.

Friede war es zumute, als träume er, als er so in der Frühmorgenstille durch das Dorf fuhr. Mal bellte ein Hund auf, da und dort krähte ein Hahn, und aus den Ställen klang das Gebrüll der Kühe, die gerade ihr erstes Frühstück bekamen. Hans Rumpf, der Nachtwächter, kam just verschlafen, noch ein paar Strohhalme am Rock, aus einer Scheune heraus; er war von dem Wagenrollen aufgewacht, worüber er eigentlich etwas ärgerlich war. Er hatte nun mal die Meinung, ein armer, geplagter Nachtwächter brauche vor allem einen ruhigen Nachtschlaf. Als Hans Rumpf aber sah, daß es Traumfriede war, der davonfuhr, rief er ihm freundlich zu: »Gute Reise, Musjeh Kimmnaschiaste, und halt dich brav in der Stadt, sonst kommt's gleich in der ganzen Welt rum, daß die Oberheudorfer nichts taugen.«

»Na, er wird schon,« brummte Kaspar auf dem Berge. »Aber sag mal, Nachtwächter, wo sind denn die Kinder? Is doch zu kurios, daß auch nicht eine Bubennase zu sehen ist, nä, so was!«

Hans Rumpf drehte sich eilig rundum, er sah rechts und links, sah in die Luft, auf die Erde, legte den Finger an die Nase und sagte endlich bedächtig: »Die haben's alle verschlafen!«

Der Wirt lachte. »Dank schön für die Auskunft, die is mächtig klug. Hüh hott, wir woll'n bißchen rascher fahren!«

Die Pferde trabten davon, und der Nachtwächter sah dem Wagen stolz nach. Ja freilich, er war mächtig klug; es ist schon was, herauszukriegen, daß es die Buben und Mädel verschlafen haben, wenn sie nicht zur rechten Zeit auf der Dorfstraße sind!

Verschlafen hatten Friedes Freunde und Freundinnen das große Ereignis aber doch nicht, sondern sie waren alle putzmunter. Ganz leise und heimlich hatten sie sich wecken lassen, und ebenso leise und heimlich hatten sie sich aus den Häusern geschlichen, denn sie hatten sich miteinander eine Überraschung ausgedacht. Überraschungen fanden die Oberheudorfer Buben und Mädel immer sehr fein, wenn auch leider oft die Erwachsenen der Meinung waren, diese oder jene Überraschung wäre gar nicht so fein gewesen. Diesmal hatte Schulzes Jakob und der dicke Friede es gesagt, man müsse Traumfriede noch einen ganz besonders schönen

Abschied bereiten. Natürlich waren alle Kinder einverstanden gewesen und waren sehr heimlich dabei zu Werke gegangen. Selbst Schuster Pechdraht, der doch sonst die Mäuslein pfeifen und das Gras wachsen hörte, hatte nichts gemerkt.

Dem Traumfriede war es eigentlich ganz recht, als er niemand sah, von dem er noch einmal Abschied nehmen mußte. Ihm kam es doch recht schwer an, daß er nun die Heimat verlassen mußte. Den ganzen Winter hatte er fleißig gelernt beim Herrn Pfarrer und in der Schule und immer gedacht, es würde wunderschön sein, wenn er erst in der Stadt auf das Gymnasium gehen könnte. Nun auf einmal dachte er mit heimlicher Angst und Bangigkeit an die fremde Stadt, in der er außer dem Doktor, den er einst zu Muhme Lenelies geholt hatte, niemand kannte, niemand unter den vielen, vielen Menschen. Feldburg war zwar keine große Stadt. Wer in Berlin wohnte, sagte wohl: »Ach, so ein Nest!« dem Oberheudorfer Buben erschien diese kleine Stadt aber doch groß, fremd und ein wenig unheimlich.

Schon war das letzte Haus von Oberheudorf erreicht, und Friede drehte sich gerade noch einmal um und schaute hinüber nach dem Häuschen der Pflegemutter, als ganz jäh aus dem Straßengraben lauter dunkle Gestalten aufsprangen. Von rechts und links tauchten sie auf, und plötzlich erhob sich ein wildes Geschrei. Kaspar auf dem Berge, der noch etwas verschlafen war, schrak auf seinem Bock zusammen und wußte gar nicht, ob er wachte oder träumte. Aber mehr noch als er erschraken seine beiden braunen Pferde; denen kam die ganze Sache höchst unheimlich vor, und da Ausreißen ihnen in solchen Fällen gut und nützlich erschien, rissen sie eben aus.

Heidi ging es wie die wilde Jagd davon. Kaspar auf dem Wege schrie laut: »Halt, halt, halt!« und Friede umklammerte angstvoll seine kleine Reisetasche, die seine wenigen Habseligkeiten enthielt.

Es ging bergab in wildem Galopp. Einmal schwankte der Wagen nach rechts, einmal nach links; ein Stein kam, hopp flog der Wagen hoch, nun kam ein Loch im Wege, und plumps fiel Friede mit der Nase vornüber. Die Sache wäre vielleicht schlimm ausgegangen, wenn der Weg statt bergab zur Abwechslung nicht einmal bergauf gelaufen wäre. Da wurde den Pferden das Ausreißen zu beschwerlich, und sie blieben einfach stehen und ruhten sich etwas aus.

»Potzhundert noch mal, diese Rasselbande!« schalt Kaspar auf dem Berge wütend. Er kletterte vom Bock und brachte das verwirrte Geschirr in Ordnung; dabei sah er Friede ingrimmig an und schrie: »Mit der Rasselbande meine ich deine lieben Kameraden, Musjeh! Nä, sag mir mal, was haben die vor Tau und Tag im Straßengraben zu sitzen und so'n Geschrei zu machen?«

»Ich weiß doch nicht,« stammelte Friede, der noch ganz verdattert war, »aber ich glaub' – – ich glaub', das sollte zum Abschied für mich sein.«

»Wa–as?« Der Wirt sah den Buben groß an, dann brach er in ein dröhnendes Lachen aus. »Is gut, is sehr gut, nä wirklich, wenn's auf die Dummheiten ankommt, dann stehen unsere Mädel und Buben immer an erster Stelle. 'n bißchen geschwind ist das ja nun man mit dem Abschied gegangen, und ich gäb' was drum, wenn ich die dummen Gesichter sehen könnte, mit denen sie jetzt im Straßengraben sitzen. Na, nu hüh hott, jetzt woll'n wir mal 'n bißchen langsamer nach der Stadt fahren.«

Die Oberheudorfer Buben und Mädel saßen inzwischen wirklich mit reichlich dummen Gesichtern im Straßengraben. Sie hatten sich die Geschichte aber doch so wunderschön ausgedacht! Mit Gesang hatten sie Traumfriede ein Stück begleiten wollen und hatten gemeint, der würde glückselig sein vor Überraschung, wenn sie alle

25

aus dem Graben sprängen. Sie hatten sich dazu in zwei Hälften geteilt, in die rechten und in die linken Straßengräbler; vorher hatten sie es aber leider vergessen, sich das Lied zu sagen, das sie singen wollten. So fingen die von rechts mit: »Heil dir im Siegerkranz –« an und die von links mit: »Das Wandern ist des Müllers Lust.« Das stimmte nicht gut zusammen, und weil ein paar Buben, die nicht singen konnten, noch hurra dazwischen brüllten, klang der Gesang schon etwas wüst, und es war Kaspars Braunen nicht übel zu nehmen, daß sie lieber ausrissen, anstatt zuzuhören.

»So'ne albernen Pferde,« brummte Heine Peterle wütend. Annchen Amsee und Waldbauers Mariandel heulten aber plötzlich laut los: »Friede fällt runter, und denn ist er tot, huhuhu!«

»Huhuhu, huhuhu,« heulten ein paar andere Mädel mit. Die Buben schalten, das wäre Unsinn, aber ganz wohl war ihnen auch nicht zumute, und zuletzt zogen alle zusammen heulend und schreiend in das morgenstille Dorf hinein.

Da gab es nun eine Aufregung! Jene, die an diesem Morgen noch schliefen, wurden unsanft geweckt, und der Ruf: »Kaspar auf dem Berge ist mit seinem Wagen verunglückt,« verbreitete sich rasch im Dorf. Die Besonnenen meinten freilich, es würde wohl nicht so schlimm sein, und der Wirt käme schon mit seinen Pferden zurecht, aber sie riefen doch, man müsse ihm jemand nachschicken. Der Schulze gab in aller Eile seinem Jakob einen Katzenkopf: »Dummer Junge, was stellt ihr aber auch immer an!«

Der Schulze und der Schnipfelbauer ritten wirklich dem Wirt nach. Ein Viertelstündchen hinter dem Dorf aber trafen sie den Waldwärter Leberecht Sperling, der ihnen erzählte, Kaspar auf dem Berge sei ganz vergnügt an ihm vorbeigefahren. Da kehrten die beiden Helfer um, und man freute sich im Dorf, daß kein Unglück geschehen war. Weil die Kinder inzwischen aber so viele drohende »Nachhers« und »Wartenur« gehört hatten, machten sie es nun den Pferden des Gastwirts nach und rissen auch aus. Hui! waren sie weg, dorthin und dahin gelaufen, bis die Schulglocke ertönte – denn in Oberheudorf waren die Osterferien kürzer als in der Stadt –, und Hans Rumpf, der Nachtwächter, wieder mal sagen konnte: »Na, endlich sind sie wieder untergebracht; so'ne Schule ist doch was Gutes, namentlich wenn die Kinder erst drin sind!«

Muhme Lenelies hatte von allem Lärm und Geschrei nichts vernommen. Sie saß still in ihrem etwas abseits liegenden Häuschen, und ihre guten, sorgenden Gedanken gingen ihrem Pflegesohn nach: jetzt war er da, jetzt fuhr er durch den Wald, nun wohl den Hohlweg entlang, und als ihre Uhr die Stunde anzeigte, da vor den Reisenden das Städtchen aufsteigen mußte, sagte die alte Frau still und fromm vor sich hin: »Gottes Segen mit dir, mein Herzensjunge!«

Die Grünmützen von Feldburg.

»So, da wär'n wir ja,« sagte Kaspar auf dem Berge, als die ersten Stadthäuser vor seinen Blicken auftauchten. »Sitz gerade Bub und halt die Nase hoch! In der Stadt muß man reputierlich auftreten, sie heißen's hier Manieren.«

Er selbst reckte und streckte sich nach dieser Ermahnung, schnalzte mit der Peitsche und fuhr sehr stolz mit seinem mit Säcken, Butter und Eierkästen beladenen Wäglein in der Stadt ein. Er wollte es den Leuten da schon zeigen, was der Gastwirt aus Oberheudorf für ein gewichtiger Mann sei.

Friede schaute sich mit großen Augen um. Da war er nun in der Stadt, die er nur einmal im Winterschnee gesehen hatte, und in der er jetzt viele, viele Jahre wohnen sollte. Das Herz klopfte ihm stark, und er sah jedes Haus, an dem der Wagen vorbeirollte, so genau an, als müßte er gleich in alle Stuben hineinsehen und die Menschen betrachten, die darin wohnten. In der Vorstadt gab es freundliche, helle Häuser, die in großen oder kleinen Gärten lagen; je weiter in die Stadt hinein aber Friede kam, desto enger wurden die Straßen. Da gab es schmale Gäßlein mit uralten, spitzgiebeligen Häusern; ein dicker, grauer Turm erhob sich am Ende der Vorstadt, an ihm lehnte noch ein Stück zerbröckelte Stadtmauer, und darüber hatte der Efeu ein immergrünes Tuch gespannt.

»Ich fahre dich vors Organistenhaus,« erklärte Kaspar auf dem Berge, »es hat ein besseres Ansehen, wenn einer angefahren kommt.« Er klopfte dem Buben freundlich auf die Schulter: »Gelt ja, wir zwei beide wollen es den Städtern schon zeigen, was zwei rechte Oberheudorfer sind!«

Freundlich nickte er nach rechts und links und brummte

dann: »Das ist nu so'ne dumme städtische Mode, daß sie nicht recht guten Tag sagen können.«

Das Wäglein rasselte und rumpelte durch die Straßen; nun ging es ein wenig bergauf, der Johannesplan war erreicht, und die alte Stadtkirche mit ihren schönen Portalen und den spitzen, schlanken Türmen erhob sich vor den beiden.

Über den Kirchplatz liefen just um diese Stunde eine Anzahl Buben, ein paar davon in Friedes Alter, die andern etwas größer. Sie trugen alle grasgrüne Mützen und sahen an diesem Morgen alle miteinander aus, als wären sie ganz aufgelegt zu lustigen Streichen. Es waren Gymnasiasten, die an dem letzten Ferientag sich mit ein paar Lehrern und Mitschülern auf dem Schulhof treffen wollten, um einen Ausflug zu machen.

Die Buben kamen sehr eilfertig heran; sie rannten beinahe Kaspar auf dem Berge mit seinem Wagen um.

»He, nicht so hitzig!« schrie Kaspar auf dem Berge. »Sagt mir lieber, Buben, wo wohnt der Herr Organist Wunderlich? Ich bringe den Friede aus Oberheudorf.«

Die Buben blieben lachend stehen, und ein schlanker, langer Junge sagte spöttisch und keck: »Nein, wie nett, daß Sie aus Oberheudorf sind.«

»Gelt ja, das ist schon was,« nickte der dicke Wirt. »Aber du meine Güte, warum habt ihr denn alle so grasgrüne Mützen auf? Die reinen Laubfrösche!«

»Holla!« schrien ein paar Buben empört, »wir sind keine Laubfrösche, wir sind Gymnasiasten.«

»Ih nä,« rief der Wirt vergnügt und gab Friede einen kleinen Rippenstoß, »sieh doch, Friede, das sind nun alles deine Kameraden. Gib'n die Hand, sieh nicht so dämlich drein, Bub!«

»Was, der Bauernbengel will ein Gymnasiast sein?« rief

der lange Junge wieder.

»Na freilich,« Kaspar grinste vergnügt, »der Friede Heller ist's doch aus Oberheudorf, der Muhme Lenelies ihr Friede. Gelt, ihr habt euch schon recht auf'n gefreut?«

Die Jungen brachen in ein lautes Gelächter aus. Der dicke Wirt und der blonde Junge, der vor Verlegenheit so rot wie ein Bündel Radieschen geworden war, kam ihnen höchst spaßhaft vor. Sie schauten einander an, keiner sagte etwas zum andern, aber jeder dachte wie der andere: »Wir machen einen Ulk.« Sie brüllten auf einmal so laut, daß es über den ganzen Kirchplatz dröhnte: »Der Friede Heller aus Oberheudorf ist da, der Friede Heller ist da, hurra, hurra, hurra!«

»Friede Pfennig,« schrie ein kleiner, kecker Bursche, »'n Pfennig ist mehr als 'n Heller,« und die andern echoten: »Friede Pfennig, Friede Pfennig!«

»Aufgepaßt, da kommt der Herr Direktor!« sagte plötzlich der erste Sprecher und deutete auf einen langen, dünnen Mann, der vom Gymnasium herkam. Im Nu rissen alle Buben die Mützen vom Kopf und schrieen: »Guten Morgen, Herr Direktor!«

Flugs riß Kaspar seine Kappe auch ab, Friede bekam einen Puff, weil er die seine nicht schnell genug abnahm, und während der Bube nur schüchtern sein guten Morgen sagte, brüllte der Oberheudorfer Wirt laut: »Allerschönsten guten Morgen, Herr Drektor, un hier is nu der Friede Heller aus Oberheudorf, und ich bin der Wirt Kaspar auf dem Berge von der himmelblauen Ente.«

»Das ist – – un – – unverschämt,« schrie der mit »Herr Drektor« Angeredete. »Was fällt Ihnen ein, Sie – – Sie – – Kaspar, Sie!«

Die Buben kreischten vor Lachen: »Friede Pfennig, steig aus, Friede Pfennig, steig aus, sag dem Herrn Direktor guten Tag!«

Friede hatte rasch gemerkt, daß die Buben ihren Spott mit ihm und seinem Beschützer trieben, er zupfte diesen ängstlich am Ärmel und bat: »Wir wollen weiterfahren!«

»Nä,« rief der, »fällt mir nicht ein, un wenn das zehnmal ein Drektor ist, anschrein lasse ich mich nicht. Sie, Herr Drektor,« brüllte er, »ich bin der Wirt zur himmelblauen Ente aus Oberheudorf.«

»Das ist un – – unverschämt,« rief der andere wieder, »denken Sie denn, Sie können mich foppen mit Ihrer himmelblauen Ente? Was fällt Ihnen denn ein, Sie grober Bauer, Sie!«

»Nä, nu schlägt's dreizehn!« Kaspar auf dem Berge war jetzt wirklich wütend, er fuchtelte mit seiner Peitsche in der Luft herum und donnerte: »So, Schulmeister woll'n Sie sein und benehmen sich gegen einen rechten Mann so? Nä, hier bleibt mir der Friede nicht; Muhme Lenelies heult sich ja die Augen aus, wenn sie das erfährt, Herr Drektor!«

»Sie sind ein ganz unverschämter, grober Bauer,« kreischte der andere wieder – er konnte vor Zorn kaum noch reden – »der Kuckuck ist Ihr Direktor!«

»Herr Direktor, Herr Direktor,« jauchzten die Jungen, »Friede Pfennig, steig aus, gib ihm die Hand, sonst schilt Muhme Lenelies!«

Der Lärm, das Schreien, Lachen und Schimpfen wäre wohl noch eine Weile fortgegangen, wenn nicht der Organist Wunderlich aus seinem Haus gekommen wäre. Da stoben plötzlich die grünbemützten Gymnasiasten davon, und der sogenannte Direktor eilte beinahe ängstlich auf den alten Herrn zu und rief kläglich: »Jetzt verhöhnt mich sogar der grobe Bauer dort!«

»Ich bin kein grober Bauer, potzwetter noch mal, Sie – Bohnenstange; ich bin Kaspar auf dem Berge, Wirt zur himmelblauen Ente.«

Von der Schulmauer her, hinter welche die Gymnasiasten geflüchtet waren, kam ein wahrer Lachsturm. »Kaspar auf dem Berge bringt Friede Pfennig, haha, huhu! Herr Direktor, hahaha!«

»Na wartet nur!« Mit ein paar langen Sätzen verschwand der Direktor hinter der Schulmauer, und von dort her tönte erneuter Lärm, bis plötzlich eine tiefe Stille eintrat.

Der Oberheudorfer Wirt schaute höchst verdutzt drein, Friede aber saß ganz zusammengekauert auf dem Wagen, er kämpfte nur mit Mühe die Tränen nieder. »Das also ist mein künftiger Hausgenosse?« sagte der alte Herr jetzt freundlich zu ihm, dann wandte er sich zu dem Wirt und klärte diesen über seinen Irrtum auf. Der sogenannte Direktor war der Schuldiener Mayer, den die übermütigen Jungen meist spottend »Herr Direktor« nannten. Sie taten es leider, weil sie wußten, daß der Schuldiener sich bitter darüber ärgerte. Der hatte nun wohl gedacht, Kaspar auf dem Berge wolle ihn auch necken, und war darum so bitterböse geworden.

»Kurioses Volk, die Stadtleute!« murmelte Kaspar auf dem Berge. Er fuhr sich nachdenklich durch die Haare, und als er nun Friede so niedergeschlagen seine Sachen vom Wagen heben sah, sagte er gutmütig: »Mach dir nichts draus, Bube, daß sie dich Friede Pfennig genannt haben, du beißt dich schon durch, und beim Kohlbauern hast es ärger gehabt.«

Für Friede, den der Spott tief gedemütigt hatte, war dies der rechte Trost. Beim Kohlbauern, zu dem man ihn als armes, verlassenes Waisenbüblein gebracht, hatte er Schläge genug bekommen und Hunger gelitten, nein wirklich, so schlimm würde es hier sicher nicht sein, und ganz getröstet sah er zu dem kleinen, blitzsauberen Organistenhaus hinauf. In ihm sollte er künftig seine Heimat haben.

Er trug seine Sachen hinein, und drinnen kam ihm Fräulein Wunderlich, des Organisten Schwester, entgegen, eine rundliche, lebhafte kleine Dame. Sie empfing den neuen Hausgenossen aber nicht sonderlich freundlich.

»Ah, da bist du ja!« rief sie. »Na meinetwegen, mir ist es recht, daß du bleibst, nur das sage ich dir, mit schmutzigen Schuhen darfst du mir nicht in die Zimmer gehen; Maikäfer, Frösche, Mäuse und solche Tiere darfst du nicht fangen und sie in meine gute Stube setzen oder in mein Bett legen. Und Feuer darfst du auch nicht anzünden, daß einem in der Nacht das Haus über dem Kopf zusammenbrennt. So was kann ich nicht leiden!«

Friede wollte gerade bescheidentlich sagen, daß er alles dies gewiß nicht tun wolle, als die Dame eindringlich fortfuhr: »Mit den Leuten nebenan im großen Hause darfst du auch nicht sprechen, hörst du, sonst werde ich böse. So, und nun geh die Treppe hinauf! Rechts die erste Türe ist offen, das ist dein Zimmer, du kannst gleich deine Sachen auspacken.«

Husch war die Dame schon über den Flur gelaufen, um draußen mit Kaspar auf dem Berge zu sprechen. Von ihm wollte sie durchaus Hühner kaufen, obgleich der Wirt versicherte, er hätte keine. »Na, das begreife ich nicht,« rief Fräulein Wunderlich, »wie man vom Dorfe sein und keine Hühner haben kann!«

Kaspar ärgerte sich, er schwieg aber und dachte mitleidig: »Die Städter sind nun mal nicht recht gescheit, aber leid tut's mir um den Friede, er hätte lieber bei uns bleiben sollen.«

Friede war unterdessen die Treppe hinaufgestiegen, hatte eine Türe offen gefunden und sich etwas erstaunt in dem Zimmer umgesehen. Komisch war das, denn es stand mehr als alles darin, übereinander, untereinander, Möbel, Kisten und Kasten, Einmachbüchsen, eine Waschwanne, alte Blumentöpfe, Bilder mit zerschlagenen Rahmen, und Platz war wahrlich nicht viel, nicht einmal für so einen schmalen Jungen, wie Friede einer war. Der Bube war an einfaches Hausen gewöhnt, immerhin hatte er sich sein Stadtkämmerlein doch anders vorgestellt, wenigstens so sauber und ordentlich, wie es im Häusel der Muhme Lenelies aussah.

Kaspar auf dem Berge wollte auch sehen, wie der Junge untergebracht war. Er habe das der Muhme versprochen, erklärte er. So stapfte er hinter Friede die Treppe hinauf, während Herr Wunderlich selbst unten auf die Pferde achtgab.

»Potzhundert!« rief der dicke Gastwirt oben erstaunt, »meiner Seel', ich hätt' nicht gedacht, daß man in der Stadt so kurios die Kammern einrichtet. Hm, hm, nä, wirklich, Friede, meine Frau würde das 'ne Rumpelkammer nennen.«

»Muhme Lenelies auch,« sagte Friede kleinlaut, »aber da steht 'n Bett und – – –«

»Junge, sag mir mal, was machst du denn in meiner Schrankstube?« rief plötzlich Fräulein Wunderlich von unten herauf, und dann erkletterte die rundliche Dame eilig die Treppe. »Aber Junge, Junge, doch auf der andern Seite!«

»Rechts sollte ich – –,« stotterte Friede.

»Rechts, ach so, ja, ja!« Die Dame brach in ein höchst vergnügtes Lachen aus: »Junge, merk dir das, rechts und links kann ich einmal nicht unterscheiden, und wenn ich rechts sage, meine ich fast immer links, und wenn ich links sage, dann meine ich rechts, das ist mal so!«

»Ih, nä!« Der Wirt grinste: »So was, das habe ich meiner Lebtage nicht gehört, daß 'n Frauenzimmer so verdreht ist und links sagt und – – –«

»Erlauben Sie mal,« rief Fräulein Wunderlich entrüstet, »ich bin kein Frauenzimmer! Auf dem Dorfe gibt es Frauenzimmer, in der Stadt gibt es Damen.« Dabei sah sie den dicken Kaspar so von oben herab an, daß dem himmelangst wurde. Er scharrte verlegen mit seinen Füßen auf dem blitzsauberen Fußboden, was Fräulein Wunderlichs erneuten Ärger erregte. Sie sagte aber nichts und öffnete nun links eine Türe zu einem so freundlich eingerichteten Stübchen, daß Friede einen hellen Freudenruf ausstieß. »Hier soll ich wohnen, hier?«

»Freilich!« Das Fräulein lächelte nun freundlicher; sie strich sogar dem Buben die Wangen und sagte: »Mag's dir gut gehen bei uns in unserem Hause!«

Kaspar auf dem Berge nickte wohlgefällig, so war's recht; das Stübchen gefiel ihm wohl, und zuletzt schied er mit dem Bewußtsein, dem Friede ginge es so gut, wie es einem in der Stadt gehen kann. So schön wie in Oberheudorf konnte es eben nirgends sein.

Am Abend erzählte er daheim viel von seiner und Friedes Ankunft, von den Laubfröschen, dem falschen »Drektor«

und dem verkehrten Frauenzimmer, und Muhme Lenelies, die in die himmelblaue Ente gekommen war, dachte voll heimlicher, sorgender Angst: »Wie wird es nur meinem Friede ergehen in der fremden, fremden Stadt!«

Die Oberheudorfer Buben und Mädels redeten am nächsten Morgen mehr vom Traumfriede und der Stadt als von ihrer Schule und ihren Arbeiten. Die Buben besonders beneideten den Kameraden glühend. Es mußte doch wundervoll sein, eine froschgrüne Mütze zu tragen! Allein um dieser Mütze willen wären die meisten gleich bereit gewesen, auch auf das Gymnasium zu gehen. »Und so'ne feine Kammer hat er,« wisperten die Mädels, »der Wirt hat gesagt, seine Fremdenstube wäre nicht schöner. Ach ja, der Friede hat's gut!«

»Vielleicht geh ich auch noch in die Stadt zur Schule,« sagte Heine Peterle daheim sehr wichtig zu Muhme Rese, »die grüne Mütze ist fein!«

»Ja,« meinte Muhme Rese, »'ne Mütze tragen und lernen ist halt 'n Unterschied; wieviel Fehler haste heute gehabt?«

Flugs war der Bube hinaus. Nach seinen Schularbeiten ließ er sich nicht gern fragen, denn darin sind die Erwachsenen komisch; sie schreien über ein paar Dutzend Fehler immer gleich, als wäre das eine ganz schlimme Sache! – – –

Ein böser Tag.

»Nimm's nicht schwer, wenn dir im Anfang alles etwas fremd vorkommt,« hatte der Organist Wunderlich seinen Hausgenossen ermahnt, als er am Nachmittag nach seiner Ankunft mit ihm hinüber ins Gymnasium zur Aufnahmeprüfung ging. »Sei tapfer! Wer ein rechter Mann werden will, darf nicht gleich verzagen, wenn auch der Anfang etwas schwer ist.«

Traumfriede nahm sich die Worte zu Herzen und dachte: »Ich will schon tapfer sein.« Doch bei der Prüfung hatte er die Tapferkeit gar nicht nötig, er wußte viel und konnte gut antworten. Die Lehrer sagten, das, was er noch nicht wisse, würde er schnell nachholen. Er kam, wie es der Oberheudorfer Lehrer gesagt hatte, in die Quarta hinein, und sein Pflegevater ging gleich nach der Prüfung und kaufte ihm eine froschgrüne Mütze. Die gehörte nun einmal dazu, und als Friede sie aufsetzte, dachte er: »Ach, könnte ich doch jetzt einmal mich damit im Dorfe zeigen!«

Der erste Tag und die erste Nacht gingen vorbei. Traumfriede schlief, trotzdem es ihm am Abend seltsam bang ums Herz wurde, doch wie ein Murmeltier im fremden

Hause. Und tapfer, zuversichtlich und vergnügt marschierte er am nächsten Morgen in das Gymnasium hinüber, die grüne Mütze keck auf dem blonden Kopf. Er hatte es sehr eilig gehabt, und so betrat er als einer der Ersten den weiten Schulhof. Das Haus – es war ein ehemaliges Stiftsgebäude – kam Friede überaus prächtig vor, und da die große Uhr über dem Eingang ihm zeigte, daß er noch viel Zeit hatte, so blieb er stehen und betrachtete sich fast ehrfürchtig das weitgestreckte Gebäude, zu dem eine breite Freitreppe hinaufführte. Dorthinein sollte er nun täglich gehen; statt Hirtenjunge und Allerweltshelfer in Oberheudorf war er nun ein Gymnasiast, ein Lateinschüler, und später würde er vielleicht auch ein Pfarrer, ein Doktor, ein – –

»Herrjeh, da ist ja Friede Pfennig aus Oberheudorf! Na, Friede Pfennig, wie geht es denn Muhme Lenelies?« rief es da plötzlich laut in seine stolzen Zukunftsgedanken hinein.

Verwirrt drehte sich der Bube um, er mußte sich erst besinnen, daß der Ruf ihm galt. Ein paar Jungen standen neben ihm, der längste von ihnen war der Sprecher gewesen. Er schaute Friede spöttisch an, so spöttisch und unfreundlich, daß dem plötzlich die Glut ins Gesicht stieg, was den andern zu lautem Lachen reizte: »Seht nur, wie er rot wird, der Herr Oberheudorfer! Sag mal, du hast wohl Spatzen unter deiner Mütze?« Und ehe es sich Friede versah, sauste ihm die Mütze vom Kopfe und geriet schnell unter ein paar Bubenbeine.

»Meine Mütze,« rief Friede unwillkürlich erschrocken, und weil er, der in Armut groß geworden war, das Neue stets schonte, hob er die Mütze eilig auf und sagte kläglich: »Sie ist doch ganz neu! Pfui, wie abscheulich von dir!«

»Na, seht doch den Bauernbuben an!« höhnte der lange Junge. »Geh doch, klag's der Muhme Lenelies, Friede Pfennig!«

Das war ein übler Anfang. Wenn nicht ein paar Lehrer über den Schulhof gekommen wären, hätte es sicher eine Prügelei gegeben, und als Friede ein Weilchen später in seiner neuen Klasse saß, hatte er das Gefühl, unter lauter Feinden zu sitzen. Das tuschelte und lachte um ihn herum: »Friede Pfennig aus Oberheudorf ist da, Friede Pfennig, Friede Pfennig.«

Wenn er aufsah, begegnete er lauter lustigen Spottblicken, und zuletzt wurde er ganz verwirrt und verlegen, er konnte in der Stunde nicht mehr die einfachsten Fragen beantworten. Der Klassenlehrer, Doktor Schneider, sah ihn darum nicht scheel an, er fand des Buben Verlegenheit begreiflich, er wußte ja auch, wie gut der seine Prüfung bestanden hatte. Aber Friede schämte sich doch gewaltig, und als die Stunde aus war, rannte er wie gejagt davon.

Doch draußen auf dem Flur hielt ihn einer fest: »Bist du der Friede aus Oberheudorf?«

»Ja,« schrie Friede, und den sonst so sanften Jungen übermannte der Zorn. Warum neckten sie ihn nur so, war es denn eine Schande, aus Oberheudorf zu sein? »Ja, der bin ich,« schrie er noch einmal, und schwapp, schlug er dem andern die Mütze vom Kopf. »Ich kann das auch!«

Hinaus war er, die Treppe hinab, er raste über den Schulhof und kam heiß und atemlos in dem Organistenhaus an. Es hatte draußen inzwischen etwas geregnet, und auf dem Johannesplan standen kleine Pfützen. Friede hatte wenig darauf acht gegeben, er dachte auch nicht an das Schuhabputzen; tapp, tapp lief er die Treppe zu seinem Kämmerlein hinauf und warf drinnen aufschluchzend seine Bücher auf den Tisch.

Bums, da lagen die Bücher, und bums ging die Türe auf. Fräulein Wunderlich stand auf der Schwelle und rief wütend: »Ich habe dir doch gesagt, du sollst die Füße abwischen, o du böser, böser Junge, du! Wenn du es noch einmal vergißt, dann mußt du die Treppe scheuern.« Krach, flog die Türe wieder zu, und Friede starrte ganz betäubt der zornigen Dame nach. Er hörte sie unten noch ein Weilchen schelten, und bedrückt schlich er an das Fenster und sah hinaus. Sein Zimmerchen lag an der Wand des Hauses, die an den Garten des stattlichen Nachbarhauses anstieß, und Friede konnte weit hinein in diesen großen, schönen Garten sehen. In dem standen viele alte Bäume; jetzt freilich waren sie noch kahl, nur ein feines grünes Schimmern lag darüber, aber die großen Rasenflächen leuchteten schon im ersten frischen Grün, und da und dort blühten bunte Frühlingsblumen, Hyazinthen, Tulpen und Narzissen. Der Garten gefiel Traumfriede über die Maßen gut, und er sah so lange und andächtig hinein, bis er ein wenig seinen Kummer vergaß.

Etwas beruhigter ging er zum Mittagessen hinab, und da Fräulein Wunderlich nicht mehr so bitterböse aussah, wollte er sie gerade um Entschuldigung bitten, als der Herr Organist ihn etwas streng fragte: »Du, sag mal, Friede, warum bist du gleich so patzig? Dem Ulrich Sonntag hast du so heftig die Mütze vom Kopf geschlagen, daß er eine Beule an der Stirn davongetragen hat. Na, das ist ja eine schöne Aufführung für den ersten Tag! Schämst du dich nicht?«

Fragte nun jemand den Traumfriede mild, wie war das oder dies, dann sagte er stets freimütig und offen die Wahrheit, doch Strenge schüchterte ihn leicht ein, und er wußte nichts zu sagen. Herrn Wunderlichs Vorwurf und des Fräuleins Schelte verwirrten ihn namenlos; er wagte nicht aufzusehen, still und niedergeschlagen saß er da. Dem alten Herrn tat es fast leid, und freundlicher forderte er ihn auf: »Erzähle mir doch einmal, wie war es heute früh, und warum hast du gerade mit Ulrich Sonntag Streit gehabt?«

Friede wollte soeben, durch den freundlichen Ton ermuntert, antworten, wollte sagen, er wüßte gar nicht, wer dieser Ulrich Sonntag sei, als Fräulein Wunderlich empört rief: »Bewahr mich, der Junge steckt ja das Messer in den Mund!«

Erschrocken ließ Friede das Messer fallen, das rutschte aus, er wollte es halten, doch da geriet der Teller ins Schwanken, und beinahe ging es wie beim Kippelphilipp im Struwelpeter: Teller, Glas, Messer, Löffel, Brot, alles kollerte mit viel Geklirr und Gekrach auf den Fußboden.

»Das ist ja ein furchtbarer Junge!« rief Fräulein Wunderlich empört, und sie hätte wohl noch manches böse Wort gesagt, wenn ihr Bruder sie nicht mit ernstem Blick gebeten hätte: »Wir wollen jetzt nichts mehr sagen, Friede und ich sprechen nachher miteinander. Geh jetzt in dein Zimmer und arbeite. Bis fünf Uhr habe ich Stunden zu geben, nachher komm zu mir.«

Friede war heilfroh, daß er aufstehen durfte. Er war freilich nur halb satt, aber er hätte jetzt vor lauter Verlegenheit und Scham doch keinen Bissen mehr hinuntergebracht. Als er die Türe hinter sich schloß, hörte er gerade noch Fräulein Wunderlich triumphierend sagen: »Ich habe es gleich gewußt, so ein Junge vom Dorf paßt nicht in unser Haus.«

Traurig schlich Friede die Treppe hinauf. Heute hatte er keine Freude an dem hübschen Stübchen, selbst die neuen Bücher auf dem Tisch, an denen er sich gestern noch so gefreut hatte, lockten ihn nicht. Er setzte sich niedergeschlagen an das offene Fenster, starrte in den Nachbargarten hinunter und dachte, während ihm dicke Tränen über die Wangen liefen: »Ach, wäre ich doch wieder in Oberheudorf bei Muhme Lenelies!«

In dem großen, schönen Haus mit dem steinernen Wappen über dem Tor, das neben dem Organistenhaus lag, wohnte ein alter Herr, Professor von Spiegel. Das Haus stand schon beinahe zweihundert Jahre auf dem Johannesplan, und so lange war es auch in dem Besitz der Familie Spiegel. Wohl nie war es aber so still in dem Hause gewesen wie jetzt. Sein Besitzer hatte weder Frau noch Kinder, er war ein hochgelehrter Herr, der viel auf Reisen war und manchmal monatelang nicht in dem alten Familienhaus wohnte. Sein Gärtner und dessen Frau bewachten das Haus; kam der Professor selbst, dann bewohnte er meist nur wenige Zimmer, alle andern blieben verschlossen. Fräulein Wunderlich haßte den Nachbar, obgleich sie Nachbarskinder waren und ihr Bruder Matthias sich in seiner Jugend den besten Freund des Herrn von Spiegel genannt hatte. Die Freundschaft war entzwei gegangen durch kleine Mißverständnisse und Übelnehmereien. Die meiste Schuld daran trug Fräulein

Wunderlich. Sie hatte nie zum Frieden geredet, sondern immer ein wenig gehetzt und gestichelt. Einmal hatte sie behauptet, der Nachbar sei hochmütig und habe sie nicht gegrüßt, dann wieder, man habe ihre Katze drüben im Nachbargarten vergiftet, und zuletzt war es so weit gekommen, daß die Nachbarn sich nicht mehr ansahen. Herr Matthias Wunderlich schaute freilich oft trübselig nach dem Haus hinüber und seufzte wohl: »Wäre es doch wie damals!«

Ähnlich dachte auch der alte Professor von Spiegel, als er an diesem Frühlingstag zum erstenmal wieder nach langer Abwesenheit durch seinen Garten schritt. Aufmerksam betrachtete er, wie bunt und reich der Frühling die Beete geschmückt hatte; bald blieb er vor einem Baum stehen, der ein lichtgrünes Schleierkleid trug, bald vor einem Beet, auf dem allerlei Blumen zart und lustig im Sonnenschein standen. An der Mauer des Nachbarhauses blühten noch die Veilchen, und der Professor bückte sich, um ein paar der lieblichen Dinger abzupflücken, als er Friedes bitterliches Schluchzen hörte. Die Kammer des Knaben war gerade an der Veilchenwand, und da das Organistenhaus ziemlich klein gewachsen war, konnte der alte Herr den weinenden Knaben gut sehen. »Na nu,« rief er hinauf, »wer heult denn da? Schickt sich das für einen schönen Frühlingstag, he?«

Friede hob verwirrt den Kopf und sah nun den alten Herrn an, der unten im Garten stand. Das Gesicht kam ihm bekannt vor, es war ihm, als müßte er schon einmal dies von struppigem, weißem Haar umgebene Gesicht mit den hellen Augen gesehen haben.

»Na, was guckste mich denn an, Junge, als wäre ich aus einem Märchenbuch herausgepurzelt?« rief Professor von Spiegel und zwinkerte lustig mit den Augen. »Ich bin kein Mittagsgespenst, kein Kinderschreck, kein Bubenfresser. Aber nun sag du mir mal, woher du kommst, und warum du so weinst, als wolltest du den Johannesplan unter Wasser setzen. Bei Wunderlichs gibt es doch sonst keine heulenden Buben, he?«

»Ich bin aus Oberheudorf,« stammelte Friede, »ich soll hier aufs Gymnasium gehen.«

»So, aus Oberheudorf? Na, das ist dort eine nette Sorte Buben und Mädels.«

Der alte Herr lachte leise und behaglich, und Friede dachte wieder: »Aber den kennst du doch!« Da fragte schon der Fremde in sein Überlegen hinein: »Du kennst mich wohl nicht mehr, oder warst du nicht dabei, wie wir voriges Jahr bei euch ein Hünengrab öffneten, he?«

»Ich weiß, ach, ich weiß!« rief Friede, und ein heller Schein lief über sein Gesicht. Ach, das war ja einer der Herren, die an einem Sommertag in Oberheudorf gewesen, das Hünengrab erforscht und seinen Lieblingsplatz dadurch zerstört hatten. Just dieser hatte dann am meisten darüber gelacht, daß die Mädels die ausgegrabenen Sachen alle hatten schön blank putzen wollen.

»Komm mal zu mir herunter, dich muß ich mir näher ansehen,« sagte der alte Herr fröhlich, und als sich Friede zweifelnd umsah, holte er selbst eine lange Leiter herbei und schob sie unter Friedes Fenster. »Da ist die Treppe, nun komm!«

Friede dachte in diesem Augenblick gar nicht an Fräulein Wunderlichs strenges Verbot, jeden Verkehr mit dem Nachbarhause zu vermeiden, er war zu froh, mit jemand von Oberheudorf sprechen zu können; eins, zwei, drei war er unten neben dem alten Herrn, der ihm freundlich die Hand entgegenstreckte. »Na, grüß dich Gott, Oberheudorfer Bube du, und nun komm, setz dich neben mich und erzähle mir, wie du aus deinem hübschen Oberheudorf heraus und gerade zu den Wunderlichs gekommen bist.«

Bei dieser gütigen Frage verlor Friede alle Befangenheit, und ein großes Vertrauen zu dem Herrn, der seine Heimat so gut kannte, erfüllte gleich sein Herz, und es wurde ihm gar nicht schwer, dem Fremden alle seine Schicksale zu erzählen, von der Heimat, und wie er hierher gekommen war, von der gestrigen Ankunft und dem bösen Schulanfang heute, von Fräulein Wunderlichs Zorn und – da stockte er und wurde blutrot.

»Na und weiter? Immer ehrlich gesagt, was man denkt,« ermunterte der Professor.

»Ich – – – ich sollte doch mit niemand von den Nachbarn sprechen,« stammelte Friede, dem plötzlich das Verbot einfiel.

»So, das sieht ja dem wunderlichen Fräulein Wunderlich
ähnlich,« rief Herr von Spiegel grimmig lachend. »Sieh mal
einer an, nicht einmal reden soll man mit mir! Sag einmal,

Bub, spricht es sich nicht ganz gut mit mir?«

Friede lachte, nickte und erwiderte treuherzig: »Ja.« Er blieb auch sitzen und gab fröhlich und willig Antwort, denn der Professor fragte gar viel nach dem Heimatsdorf und seinen Bewohnern, und darüber vergaßen die beiden ungleichen Kameraden wieder Fräulein Wunderlichs Verbot.

Das Fräulein hatte unterdessen viel an ihren kleinen Hausgenossen gedacht. Etwas bereute sie beim Nachdenken ihre Strenge schon, und wäre ihr Friede jetzt in den Weg gekommen, dann hätte er wohl ein freundliches, mildes Wort gehört. Inzwischen klingelte es an der Türe, und Marianne Sonntag kam zur Geigenstunde. Fräulein Wunderlich öffnete selbst und sprach ein paar Worte mit dem Mädel, das ihres Bruders Lieblingsschülerin war. Dabei fiel ihr wieder ein, daß Friede am Morgen mit Ulrich Sonntag Streit gehabt hatte, und sie forschte: »Sag mal, Kind, was hat denn dein Bruder unserm Pflegling getan?«

»Er ihm?« rief das Füchslein und wurde rot vor Ärger. »O pfui, Fräulein Wunderlich, dieser Junge aus Oberheudorf ist abscheulich! Ulli wollte mit ihm sprechen, da hat er gleich losgehauen – – so – –,« und krach schlug sie mit ihrer Notenmappe auf einen Stuhl, »so war's!«

»Aber Mädchen, nicht so wild!« mahnte Fräulein Wunderlich und seufzte: »Ja, ja, ich glaube, wir haben uns einen bösen Knaben in das Haus genommen, ich fürchte sehr, es wird viel Ärger geben. Nun geh also in deine Stunde, Kind!«

Marianne schlüpfte in das Musikzimmer, Fräulein Wunderlich aber stieg die Treppe hinauf, um einmal nach ihrem schlimmen Kostgänger zu sehen. Zu ihrem Erstaunen fand sie oben das Zimmer leer und das Fenster weit offen. »Er ist ausgerissen,« dachte sie erschrocken, »ich habe ihn aus dem Hause getrieben.« Aber da hörte sie auf einmal Stimmen aus dem Nachbargarten heraufschallen, und nun –

was war das? – – – ein höchst vergnügtes Bubenlachen erklang da unten. Geschwind lief sie ans Fenster und bog sich weit hinaus. Das war doch toll! Da saß dieser abscheuliche Bengel und schwatzte mit dem verhaßten Nachbar, als wäre der sein allerbester Freund! Ein heftiger Zorn erfaßte Fräulein Wunderlich, und sie wollte schon laut ihren Pflegling anschreien; auf einmal hielt sie inne, kehrte in das Zimmer zurück und begann sehr geschwind Friedes Sachen zusammenzupacken. Der Junge mußte ihr aus dem Hause, gleich, auf der Stelle! Husch, husch ging es, Bücher, Wäsche, den neuen Sonntagsanzug, alles tat sie in den Sack. Dann schloß sie ganz leise das Fenster, eilte hinab und rief ihre Magd. »Marie, nimm die Sachen, trag sie hinüber zum Herrn Professor von Spiegel und sage, dies wären die Sachen von dem Oberheudorfer Jungen, der möchte sehen, wo er bleiben kann, wir hätten keinen Platz in unserm Hause für so rüpelige Jungens, die zum Fenster hinausklettern.«

Marie sah ihre Herrin ein wenig zweifelnd an; es schien ihr doch ein bißchen eilig mit dem Hinauswerfen zu gehen, und sie dachte: »Wenn doch der Herr das hörte!«

Doch der hörte nichts, Marianne Sonntag stand drinnen in seinem Zimmer und geigte so fein und lieblich, als wäre sie gar nicht das wilde Füchslein. Auch als Marie draußen etwas laut polterte und rief, daß es durch den ganzen Flur hallte: »Soll ich's wirklich bestellen, daß der Friede nicht mehr zurückkommen darf?« hörten die beiden drinnen es immer noch nicht, und brummend zog das Mädchen ab.

Friede saß noch immer auf der Bank neben dem Professor, als Marie vorn am Tor stark die Glocke zog. Weil sie sich ärgerte, tat sie es besonders laut, und weil die Botschaft, die sie ausrichten sollte, ihr selbst zu hart vorkam, schrie sie den armen Friede heftig an, als sie ihn erblickte, und ihre Stimme klang rauh, denn die Tränen saßen ihr in der Kehle.

»Da! – Nu ist's wohl am besten, du gehst jetzt wieder nach Oberheudorf zurück.«

Erst begriff Friede gar nichts. Er starrte die Magd ganz fassungslos an, und der liefen in hellem Mitgefühl die Tränen aus den Augen. »'s ist wahr, wahrhaftig wahr, du armer Junge,« schluchzte sie, »rausgeworfen bist du, ritsch, ratsch rausgeworfen. Aber ich gehe auch, in so 'nem Haus bleibe ich nicht, fällt mir nicht ein.« Damit lief sie weg, sie konnte das bleiche, verstörte Gesicht des armen Jungen gar nicht ansehen.

Der Professor war nicht minder erschrocken als Friede. Gleich fiel's ihm ein, daran bist du schuld, du hättest den Buben nicht herunterrufen sollen, und dann überkam ihn ein heftiger Zorn auf das hartherzige Fräulein. »Bleib hier, ich geh' hinüber,« sagte er rasch, »ich werde dem Fräulein Wunderlich ordentlich meine Meinung sagen.«

»Mit Verlaub, gnädiger Herr, das täte ich nicht gleich!« Der Gärtner und Hausverwalter, der Marie die Türe geöffnet hatte, stand bescheiden vor seinem Herrn und fuhr treuherzig fort: »Jetzt raucht der Ärger drüben und hier noch zu sehr, und es könnte leicht ein Feuer geben. Wär's nicht besser, der Junge da bliebe noch ein Weilchen hier? Vermute, der Herr Organist wird bald selbst kommen, jetzt wird er den Weg schon finden, und das wäre mir eine rechte Herzensfreude.«

»Ist recht,« rief der Professor, »das war ein guter Rat, und am besten wär's jetzt, einen ordentlichen Kaffee zu trinken. Komm, Friede von Oberheudorf, du bist mein Gast, jetzt sollst du mal Stadtkuchen schmecken. Sieh nicht so unglücklich aus, armer Kerl, es wird alles wieder gut werden.« Und als er sah, wie Friede sich tapfer die Tränen verbiß, strich er ihm gütig über den blonden Krauskopf. »Ich verlasse dich nicht, ich bleibe dein Freund.«

Im Organistenhaus war des Füchsleins Stunde zu Ende.

Die Kleine packte ihre Noten ein, so langsam und nachdenklich, daß Herr Wunderlich lächelnd fragte: »Na, Mädel, was gibt's, was hast du noch auf dem Herzen?«

»Ich möchte den Oberheudorfer Jungen sehen,« platzte Marianne heraus, »er soll zwar gräßlich sein, aber – – aber – —«

»Ich bin doch zu neugierig auf ihn,« vollendete der Organist. »So schlimm ist es gar nicht mit ihm, er ist ganz brav, und ich rufe ihn gerne; er fühlt sich gewiß recht einsam und schwatzt vielleicht eher mit dir als mit uns.«

Und dann kam es heraus: Friede war nicht mehr im Hause, Fräulein Wunderlich hatte ihn hinausgeworfen. Ihr Bruder wurde ganz blaß vor Schreck. Ein anvertrautes Kind am ersten Tage aus dem Hause weisen, das war ihm doch zu viel. »Ich muß ihn holen,« rief er und nahm geschwind seinen Hut.

»Nein, nein,« jammerte seine Schwester, »ich nehme ihn nicht wieder, nie wieder, und du darfst nicht zu dem Professor hinüber gehen, ich leide es nicht!«

Herr Wunderlich antwortete gar nicht, er sah seine Schwester nur ernst und tieftraurig an, und das zornige Fräulein fühlte beschämt, welch großes Unrecht sie begangen hatte. Weil sie das aber nicht eingestehen wollte fing sie an jämmerlich zu weinen und zu klagen, sie schrie, stöhnte, rang die Hände und tat, als sei ihr das allergrößte Herzeleid geschehen. Ihr Bruder beachtete dies gar nicht, er nahm Marianne Sonntag bei der Hand und verließ mit ihr das Haus. Draußen sagte er betrübt: »Geh nach Hause, mein Kind, und denke nicht zu schlecht von dem armen Jungen und gib ihm ein freundliches Wort, wenn du ihn siehst.« Er nickte dem Füchslein noch einmal zu und zog dann die Glocke am Nachbarhaus, zum erstenmal wieder seit vielen Jahren.

»Der Herr Organist ist da,« sagte nach einem Weilchen die

Gärtnersfrau mit strahlendem Gesicht zu dem Professor, der mit seinem sehr niedergeschlagenen Gast am Kaffeetisch saß, »er ist doch gekommen!«

Der Professor sprang auf. »Bleib, Junge,« rief er, »daß der Matthias Wunderlich zu mir kommt, freut mich. Vielleicht hast du mir Glück gebracht, Friede von Oberheudorf, und ich gewinne einen alten Freund wieder.«

Friede mußte lange, lange warten, ehe sein Gastfreund zurückkehrte. Herr Wunderlich kam mit ihm, und die beiden alten Herren sahen aus, als hätten sie sich recht tüchtig mit Frühlingssonnenschein eingerieben, so glänzten ihre Gesichter und so strahlten ihre Augen. Das Wiedersehen nach langen Jahren war auch ein Wiederfinden geworden; sie hatten sich ausgesprochen und hatten dabei entdeckt, daß sie beide im Herzen noch die gleiche Freundschaft hegten.

»Deine Schwester versöhnen wir auch noch,« sagte der Professor heiter, »der Junge, den sie so geschwind aus dem Haus gestoßen, soll uns helfen. Laß ihn vorläufig bei mir, ich bleibe den Sommer über hier und will ihn behalten, bis deine Schwester ihn selbst zurückholt.«

Der Organist schüttelte trübe den Kopf. »Sie ist sehr böse auf ihn.«

»Sie hat aber doch ein gutes Herz, ich weiß es, ich weiß, wie viel Gutes sie in aller Stille tut, und ich glaube bestimmt, der Junge ist uns dreien zur Versöhnung gekommen.«

Friede war es wohl zufrieden, daß er unter des Professors Schutz in dem schönen Hause bleiben sollte, und weil Herr Wunderlich gar nicht schalt, sondern gütig und väterlich mit ihm sprach, hellte sich sein Gesicht auf. Er versprach, tapfer zu sein und brav in die Schule zu gehen, seine Pflicht zu tun und seinem Beschützer Freude zu machen. »Ich schreibe selbst an deine Muhme oder fahre nächste Woche einmal hinaus nach Oberheudorf, damit die alte Frau sich nicht sorgt,« versprach der Professor. »Hast du ihr schon geschrieben?«

Friede schüttelte den Kopf. »Ich soll erst in vierzehn Tagen schreiben, früher nicht; Muhme Lenelies meinte, sonst würde ich mit dem Heimweh zu schwer fertig!«

»Deine Muhme hat recht, und nun sieh zu, daß du ihr in vierzehn Tagen einen guten, fröhlichen Brief schreiben kannst. So viel wie an diesem ersten Tag wirst du wohl nicht jeden Tag erleben.«

So blieb Traumfriede in dem großen Haus mit dem steinernen Wappen über dem Tor. Frau Emma, die Hausverwalterin, richtete ihm ein freundliches Zimmer ein, von dessen Fenstern aus er gerade das Organistenhaus sehen konnte und die Veilchenwand, an der er hinabgestiegen war.

Friede kam sich an diesem Abend wie einer der verwunschenen, verfolgten und verspotteten Prinzen vor, von denen es in Muhme Lenelies' Märchen wimmelte. Aber er schlief auch hier gut und wanderte am nächsten Morgen wieder mutiger in die Schule, doch bedrückt kehrte er heim. Er hatte so fremd unter seinen Mitschülern gesessen wie am vergangenen Tage, und wieder hatten sie ihn mit spottenden Worten und höhnischen Sticheleien gekränkt. Ein Gymnasiast zu sein, war doch viel schwerer, als in die Oberheudorfer Schule zu gehen. Und weil die Sehnsucht in ihm klopfte und pochte und er so viel an Oberheudorf denken mußte, setzte er sich hin und schrieb an Heine Peterle einen Brief. An die Freunde zu schreiben hatte ihm die Muhme ja nicht verboten, und sicher würden diese warten, und gewiß würden sie sich sehr freuen. Ach, es gab ja so viele Gründe, einen Brief zu schreiben!

Heine Peterles Brief.

Es war wieder einmal die Stunde gekommen, in der die meisten Oberheudorfer Kinder die Schule am liebsten hatten, – sie war nämlich aus. Die Schulglocke hatte geschwind und eilig gebimmelt, fast heiser war sie dabei geworden; dann hatte der Lehrer das Buch zugeklappt, und nun ging es laut und lustig auf der Dorfstraße zu. Und es war drollig: jene, die in der Schule immer ihren Mund hielten, wenn der Lehrer fragte, taten ihn hier draußen kaum zu. Zu diesen gehörte an diesem Tage auch Heine Peterle. In der Schule hatte er nichts gewußt, so wenig, daß es beinah zum Nachsitzen gekommen wäre, und draußen schwatzte er, als hätte er sich von der Jungfer Elster den Schnabel geborgt. Gerade wie der Lärm am größten war und die Kinder nun alle aus dem Schulhaus herausgekommen waren, schritt der Postbote durch das Dorf. Allzuviel hatte der immer nicht abzugeben, denn die Oberheudorfer waren keine großen Briefschreiber. Ihre Sippschaft saß meist in den Dörfern in der Nähe, und wenn ein Familienmitglied dem andern etwas sagen wollte, lief es lieber drei, vier oder fünf Stunden, ehe es einen Brief schrieb. Die Kinder bekamen erst recht keine Briefe, und so purzelten sämtliche Buben und Mädel vor Erstaunen beinahe um, als der Postbote auf die Kinder zukam, einen Brief hochhielt und rief: »Der ist für Heine Peterle Putzenkeller!«

Heine Peterle riß seinen Mund auf, als wollte er ein Fliegenschnapper werden, doch seine Gefährten brüllten gleich laut los: »Heine Peterle kriegt 'n Brief – 'n Briiiieef!«

»Na freilich, warum soll er nicht mal 'nen Brief kriegen?« Der Postbote schmunzelte und hielt dem Buben das Schreiben hin. »Da, nimm es doch!« Aber der sah es an, als wäre es ein glühender Plättstahl, er stöhnte ordentlich; der Gedanke einen Brief zu bekommen, war zu überwältigend.

»Nimm ihn doch, nimm, nimm!« forderten die andern auf. Anton Friedlich versetzte ihm einen Puff von links, Schulzens Jakob einen von rechts, und nun entschloß sich Heine Peterle endlich, den Brief zu nehmen. Er wurde feuerrot dabei und hielt das kleine weiße Ding zitternd in der Hand.

»Es ist von Friede Heller, auf der Rückseite steht's,« sagte der Postbote, »nu mach ihn nur auf!«

»Von Friede, oh von Friede,« schrieen die Buben und Mädel vergnügt, »dann ist der Brief für uns alle.«

»Nä, der ist for mich.« Heine Peterle preßte das Schreiben fest an seine Brust, denn Anton Friedlich griff schon danach. »Mach ihn doch auf!« mahnte der.

»Ja, mach'n auf, wir wollen wissen, was drin steht,« ermunterten auch die andern, und Annchen Amsee drängte sich dicht an Heine Peterle heran. »Uh je, geht das langsam!«

»Das is doch mein Brief,« rief der Bube patzig, »erst lese ich'n alleine. Nä, laß doch!«

Schulzens Jakob hatte versucht, den Brief zu greifen, und kaum hatte ihn Heine Peterle vor dem Griff geschützt, als der dicke Friede danach langte. »An mich ist er erst recht, ich heiße Friede!«

»Nä, mir gehört er!« Mit beiden Händen umklammerte Heine Peterle das weiße Ding, er puffte mit den Ellenbogen nach beiden Seiten und trotzte borstig auf: »Wenn ihr so seid, dann sag' ich nicht, was drinne steht.«

»Wie sind wir denn?« fragten die andern gekränkt. »Nä, pfui, wie du bist! Der Brief ist doch für uns alle!«

»Nä,« Heine Peterle stampfte mit dem Fuß auf, »der gehört mir, erst muß ich'n lesen.«

»Na, dann lies doch fix! O bist du'n Tranpeter!«

»Ihr laßt mich ja nicht lesen.« Heine Peterle wurde immer zorniger, immer röter, und trotzdem ein kühler, frischer Wind wehte und es gar nicht heiß war, traten ihm doch die Schweißperlen auf das Gesicht, denn immer dichter, immer enger umschloß ihn der Kinderkreis, er konnte sich kaum noch rühren. »Ich kann doch nicht aufmachen,« stöhnte er, »erst muß ich ein Messer haben!«

»Hier mein's!« »Nimm mein's!« »Nein, mein's ist schöner!« »Mein's schneidet am besten!« Die Buben suchten in ihren Taschen und holten Messer heraus. Die Mädel ärgerten sich, daß sie keine hatten, und Schulzens Röse rief beleidigt: »Zu so was nimmt man 'ne Stricknadel, Vater nimmt immer Muttern ihre.«

Einen Augenblick sahen die Buben betroffen drein; der Schulze bekam die meisten Briefe, und wenn der eine Stricknadel zum Öffnen nahm, mußte es wohl richtig sein. Aber dann brüllte Anton Friedlich: »Buben machen alles mit 'nem Messer, da ist mein's!«

»Das hat ja keine Klinge,« höhnte Schnipfelbauers Fritz und streckte seins schmeichelnd Heine Peterle hin: »Nimm mein's!«

»Nä, das is nie ordentlich scharf,« empörte sich der blaue Friede, »da guck mal meins!«

»Au!« brüllte Heine Peterle, denn im Eifer hatte ihn der andere mit dem angepriesenen Messer in die Hand geritzt.

»Ihr stecht ihn ja tot!« kreischte Bäckermeisters Mariele, die sehr ängstlich war; sie fing auch gleich an zu heulen, und Heine Peterle hatte nicht übel Lust, es ihr nachzumachen, denn seine Lage war nicht beneidenswert. Die Kinder drängten und drängten; er konnte sich nun wirklich nicht mehr rühren, puffte mit den Ellenbogen, stieß mit den Füßen, alles half nichts. Endlich schrie er jammernd: »Laßt mich los – sonst – sonst – eß ich den Brief auf!«

Die Kinder schrieen allesamt laut auf vor Schreck, Bewunderung und Angst. Die Drohung machte einen solch ungeheuren Eindruck auf sie, daß sie den armen Heine Peterle beinahe zerquetschten. »Mach's nich, nä, mach's nich, der Brief ist doch for uns alle,« bettelten sie, und Heine Peterle hätte seine Drohung auch wirklich nicht ausführen können, er konnte nicht einmal mehr stoßen, so fest eingekeilt stand er da.

»Potztausend, ihr Kindervolk, was macht ihr heute wieder für'n Geschrei? 's ist ja, als wäre Krieg und die Feinde hätten euch aus der Schule hinausgeschmissen!« Der das sagte, war Hans Rumpf, der Nachtwächter und Ortspolizist. Er kam mit einem grimmigen Gesicht herbei, denn er ärgerte sich schon eine ganze Weile über die Kinder, die da mitten auf der Dorfstraße standen und standen und nicht heimgehen wollten. Seine barsche Frage scheuchte die Kinder diesmal aber nicht auseinander, sie blieben stehen und klagten: »Heine Peterle hat'n Brief bekommen und will ihn uns nicht lesen lassen. Er will ihn aufessen, und er ist vom Friede, und er ist doch für uns alle, und wir lassen ihn nicht aufessen.«

»Nä, er ist for mich alleine,« heulte Heine Peterle, dem jetzt die Geduld riß, »und ich – ich – esse ihn doch auf.«

»Das muß ich sagen, dies is nu nich scheene von dir,« sagte Hans Rumpf strafend. »Nä, Heine Peterle, das mußte nich machen, so ungefällig sein.«

»Nich wahr?« schrieen alle Kinder, und Schulzens Jakob griff wieder nach dem Brief. »Gib her, ich mach'n auf!«

»Nä!« Heine Peterle trampelte vor Wut mit den Füßen und wurde nun so fuchswild, daß er wie ein Ziegenböcklein mit dem Kopf den dicken Friede in sein Bäuchlein stieß. Der quiekte erschrocken, wollte flüchten und stieß in der Enge so derb an Annchen Amsee, daß die kreischend zu fliehen trachtete.

»Nich so hitzig! So was, das is nich scheene!« tadelte Hans Rumpf, aber seine Worte verhallten ungehört. Die Buben und Mädel stießen, schubbsten und drängten einander, teilten Püffe aus, suchten immer wieder Heine Peterles Brief zu fassen, quietschten, schrieen, heulten und kreischten, – es war ein fürchterlicher Lärm.

»Hollah, fort von der Straße!« Des Schulzen Oberknecht kam mit einem Wagen angefahren, hinter ihm her kamen noch zwei Wagen. Die Leute hatten Dünger auf das Feld gefahren und kehrten nun heim. »Hollah, aus dem Wege!« Der Oberknecht ließ die Peitsche knallen, und nun flüchteten die Kinder und stoben auseinander wie ein Krähenschwarm, in den ein Schuß gefallen ist. Dabei versuchten Schulzens Jakob, Anton Friedlich und etliche andere aber doch noch Heine Peterle den Brief zu entreißen. Der wehrte sich. »Mein Brief, mein Brief,« brüllte er.

»Hollah, aus dem Wege, unnützes Bubenpack!« brüllte der Oberknecht wieder; seine Peitsche sauste, und Anton

Friedlich bekam eins über den Rücken. Mit einem lauten Schrei riß er aus, stieß an Heine Peterle an, der verlor das Gleichgewicht, purzelte hin, sprang aber geschwind wieder auf, denn dicht vor ihm standen die Pferde, und einen Augenblick später wäre er unter ihre Hufe gekommen.

»Potzwetter noch einmal,« schrie der Oberknecht erschrocken, »am hellichten Tage kann man hier nicht ruhig fahren, weil einem die Buben in den Weg laufen.« Srrr, srrr, sauste seine Peitsche durch die Luft, und hier gab es einen Schlag, dort einen. Die Kinder jammerten, denn die Peitschenhiebe waren nicht sanft, aber alles Klagen und Jammern übertönte plötzlich laut Heine Peterles Stimme. »Mein Brief ist weg, huhuhuhu, ich habe meinen Brief verloren.«

Die Wagen rollten vorbei, die Knechte schalten, Hans Rumpf schalt, die Kinder sollten nach Hause gehen, aber die blieben auf der Dorfstraße stehen und fragten und klagten untereinander: »Wer hat ihn denn?«

»Ihr habt ihn mir genommen, mein Brief, huhuh, mein Brief!«

»Er hat ihn doch aufgegessen!«

»Nä, ich hab'n nich gegessen, mein Brief, huhuh, mein Brief!«

»Hier liegt er!« Annchen Amsee, die Luchsaugen hatte und alles sah, was andere nicht sahen, hob ein schwarzes, triefendes Ding von der Straße auf: in einer Pfütze hatte es gelegen, und ein Wagen war darüber hingegangen.

Entsetzt starrten die Kinder den verunstalteten Brief an, von dem eine schwärzliche Tunke herniederrann, und jetzt streckten sich die Hände nicht nach ihm aus. Schulzens Jakob sagte kleinlaut: »Den kann man doch nicht mehr lesen!«

»Erst muß er ganz trocken sein,« riefen zwei, drei

Stimmen.

»Ich weiß was!« Bäckermeisters Mariele schob sich wichtig vor und griff mit spitzen Fingern nach dem schmutzigen Ding. »Ich hab' mal mein Buch in den Schmutz geworfen und es hernach im Backofen fein getrocknet, dann konnte ich wieder alles lesen. Kommt, wir woll'n den Brief auch trocknen!«

»Fein,« riefen die andern, »und nachher lesen wir unsern Brief.«

»'s ist doch mein Brief,« schluchzte Heine Peterle, und auf einmal empfanden etliche der Mädel herzliches Mitleid mit dem Kameraden. Sie trösteten ihn, nahmen ihn in ihre Mitte, und Mariele sagte gnädig: »Wenn er trocken ist, bekommst du ihn zuerst.«

Alle miteinander zogen nach der Bäckerei. Das war nun keine Bäckerei, wie die etwa in einer Stadt ist. Abseits von dem Wohnhaus in einem Grasgarten stand das Backhäuschen, darin waren der Ofen und eine Backstube nebenan. Die war jetzt leer, aber der Ofen war warm, denn am Nachmittag wollten ein paar Bauersfrauen Striezel backen, und darum hatte Marieles Vater schon geheizt.

»Hier auf den Schieber müssen wir den Brief legen,« wisperte Mariele eifrig. Dann erschrak sie aber selbst, als sie das schmutzige Ding ansah.

»Leg meine Schürze unter!« Annchen Amsee hatte so geschwind, wie sie alles tat, Schwatzen, Essen und besonders Lachen, auch so rasch ihr Schürzchen abgebunden, das merkwürdig sauber war. Darauf wurde sorgsam der Brief gelegt und wie ein Brot in den Ofen geschoben.

»Nicht so rasch,« warnte Mariele ängstlich, denn die Buben schoben gleich sehr kräftig zu, sie dachten: »Viel hilft viel.«

Ein Weilchen standen die Kinder alle miteinander wartend in der Backstube, sie blieben aber nicht lange allein. Die Magd hatte sie durch den Grasgarten laufen sehen, und weil sie wußte, daß es verboten war, in das Backhäuschen zu gehen, meldete sie es rasch der Hausfrau. Diese rief ihren Mann, und der rannte denn auch ärgerlich nach dem Backhaus hinüber, riß dort die Türe auf und rief scheltend: »Na was soll denn das, was macht ihr denn hier alle in meinem Backhaus? Ei der Tausend, solche Gäste könnte ich hier gerade brauchen!«

Der Bäcker war ein gutmütiger Mann, darum klang sein Schelten auch nicht sonderlich böse, und ein paar von den Buben hatten auch den Mut, ihm die ganze Geschichte zu erzählen.

»Potz Weißbrot und Striezel, ihr seid doch ein närrisches Volk,« sagte der Bäcker, »backt 'n Brief in meinem Backofen. Na, woll'n mal sehen, ob er schon eine Butterbretzel geworden ist!«

»Das wär' fein,« schmunzelte der dicke Friede, der gleich Hunger bekam, wenn er nur das Wort »Butterbretzel« hörte.

Der Bäcker hatte unterdessen in seinen Ofen geschaut, aber er sah weder Annchen Amsees Schürze noch Heine Peterles Brief. Er fuhr suchend mit einem Stock im Ofen herum. »Meiner Seel',« rief er endlich, »das ist aber mal 'ne kuriose Butterbretzel geworden!« Er zog ein kleines Häufchen Zunder aus der Tiefe hervor: Schürze und Brief waren der Glut zu nahe gekommen und verbrannt.

»Mein Brief,« brüllte Heine Peterle, und Annchen Amsee weinte: »Meine Schürze, sie war ganz neu!« Doch alles Klagen und Weinen, alles Jammergeschrei half nichts, Brief und Schürze blieben verbrannt. Traurig, mit gesenkten Köpfen zogen alle miteinander heimwärts; wie die begossenen Pudelchen kamen sie einher, und wer die Buben und Mädel sah, schüttelte den Kopf und meinte: »Na, da hat's was in der Schule gegeben.«

Heine Peterle war ganz entzwei vor Kummer um den verlorenen Brief, er hätte doch so himmelgern gewußt, was darin gestanden hatte. Selbst Muhme Lenelies, die zum erstenmal bitterböse auf die Kinder war, denn auch sie hätte zu gern den Inhalt des Briefes gewußt, tröstete schließlich den armen Buben und versprach ihm, sie würde ihm Friedes nächsten Brief vorlesen. Das beruhigte Heine Peterle aber nur halb, und er stieg an diesem Abend mit dem Gedanken ins Bett: »Wenn ich nur wüßte, was in dem Brief gestanden hatte!« Auf einmal, er war schon völlig ausgekleidet, wutschte er zur Kammer hinaus, raste die Treppe hinunter, riß unten die Wohnstubentüre auf und brüllte: »Ich weiß, der Friede hat mich eingeladen!«

Schwapp, hatte er einen Katzenkopf weg. »Dummer Bengel,« rief sein Vater, »was soll das Geschrei? Man denkt ja, es brennt im Hause!«

So endete dieser Tag, der eigentlich wunderschön hätte sein müssen, trübe für den armen Heine Peterle. Es war nur gut, daß ein freundlicher Traum kam, sich an sein Bett setzte und ihm die prächtigsten Dinge erzählte. Als der Bube am nächsten Morgen aufwachte, war aller Kummer weg, wie weggeblasen, und als er in seine Höschen fuhr, sagte er höchst vergnügt zu Muhme Rese, die ihn geweckt hatte: »Aber mein war doch der Brief, mein Name hat drauf gestanden.«

Und ein wenig später ging er steif und stolz wie ein Gockel zur Schule und rief seinen Kameraden wichtig zu: »Etsch, ihr habt noch nie 'nen Brief gekriegt, aber ich!«

Da sahen ihn die andern betroffen an, seufzten und dachten: »Ja, recht hat der Heine Peterle schon, gekriegt hatte er den Brief, und das Lesen – – ja, das Lesen war schließlich doch Nebensache. Lesen konnte jeder einen Brief, aber kriegen nicht.«

Eine Stadtfahrt.

Traumfriede war schon eine Woche fort, als die Oberheudorfer Kinder ganz unerwartet eine große Freude hatten; der Lehrer sagte ihnen nämlich am Schluß der Stunde: »Kinder, morgen habt ihr frei.«

Dies klang allen so überraschend, daß sie mäuschenstill saßen und den Herrn Lehrer nur mit großen Augen verwundert ansahen. Der fragte: »Ihr freut euch wohl nicht? Das ist nett von euch!«

»O ja,« brüllten alle geschwind, und plötzlich war es, als wäre der Sturm in die Klasse hineingesaust. Die Kinder drehten sich auf ihren Plätzen um, nickten und winkten hierhin und dorthin, lachten und tuschelten, und die Buben- und Mädelbeine zappelten wie gefangene Fische im Netz.

Der Lehrer lächelte ein wenig: »Es waren doch erst Ferien!«

»Och, das ist ja schon furchtbar lange her,« riefen ein paar Buben; es klang, als wäre Ostern vor hundert Jahren und nicht vor vierzehn Tagen gewesen.

»Na, dann geht mal heim und seid hübsch brav morgen. Ich muß mit dem Herrn Pfarrer nach Tannenroda; es ist eine wichtige Sache, die sich nicht aufschieben läßt, es tut mir leid genug.«

Die Kinder hörten wohl, was der Herr Lehrer sagte, ihre Gedanken waren aber sehr wenig dabei, und Schulzens Jakob erzählte nachher daheim: Der Herr Lehrer müßte den Herrn Pfarrer nach Tannenroda schieben, und das wäre sehr wichtig. Die Buben und Mädel dachten nun daran, wie sie den schulfreien Tag recht vergnügt verleben könnten, sie machten Pläne, als wäre der eine Tag so lang wie die Sommerferien.

Wie etliche Buben und Mädel so schwatzend die Dorfstraße entlang gingen, trafen sie Friede Hopserling, den Müllerknecht. Mit dem waren sie immer gut Freund, und ihm erzählten sie auch gleich, daß morgen schulfrei sei. »Na, dann besucht doch den Friede in Feldburg,« riet der Knecht.

»Friede besuchen!« Die Kinder sahen sich an. Fein wäre das schon, aber Feldburg war arg weit, und ob sie durften?

»Macht's so. Ich fahre früh hin mit Säcken und nachmittags leer heim; zurück nehme ich euch mit, hin müßt ihr laufen. Fein, was?« Friede Hopserling grinste die Kinder an wie ein lachendes Kasperle vom Vogelschießen, die Buben und Mädel grinsten wieder, und auf einmal schrieen sie alle: »Ich will mit, ich auch, ich auch!«

Friede Hopserling übersah die Schar, schüttelte den Kopf, zählte an seinen Fingern ab und brummte endlich: »Vier, mehr nicht.«

»Ich, ich, ich, nein ich, lieber ich, nimm mich mit!« Jedes rief, jedes bat, aber der Knecht schüttelte den Kopf. »Geht nicht, vier, sonst haben's die Pferde zu schwer.«

Er trat zur Seite, maß nachdenklich den ziemlich breiten Straßengraben mit seinen Blicken und sagte dann: »Wer am besten springt, darf mit.« Er selbst sprang hinüber, zog drüben einen Strich, kam zurück und stellte sich an einen Meilenstein. »Einer nach dem andern, – wer fängt an?«

Die Kinder gehorchten, das Springen erschien ihnen zu lustig, und jedes hoffte: »Ich erreich's.« Anton Friedlich hatte sich vorgedrängt: »Ich will anfangen, ich spring' am besten.«

»Na los!« rief Friede Hopserling, und plumps lag Anton auch schon im Graben. »Mit 'nem großem Maul springt man nicht,« lachte der Knecht. »Schulzens Jakob spring!«

Der sprang und kam richtig über den Strich. Seine Schwester Röse, die es ihm nachmachen wollte, fiel aber in den Graben, dort bekam sie gleich Gesellschaft vom blauen Friede, und noch waren sie beide nicht herausgekrabbelt, da plumpste ihnen schon Bäckermeisters Mariele nach.

»Es ist zu weit,« riefen ein paar Kinder; Friede Hopserling erwiderte aber gelassen: »Wer nicht gut springt, kann vielleicht nicht gut laufen, und wer nach der Stadt will, muß gut laufen können, basta!«

Hopsa, da war Schnipfelbauers Fritz drüben, der dicke Friede sprang ihm nach, und klatsch, lag er im Graben.

»Jetzt muß Heine Peterle springen,« riefen ein paar Stimmen. Heine Peterle aber stand unentschlossen da. Wenn er gut sprang, mußte er mit in die Stadt, und eigentlich wollte er doch nicht, hatte gesagt, er würde nie mehr in die Stadt gehen.

»He, der Heine Peterle, der Städter, mag nicht in die Stadt,« neckte Friede Hopserling, »er fürchtet sich.«

»Nä,« rief Heine Peterle patzig, »pah, vor der Stadt fürchten!« und hops war er drüben, sogar noch ein Stück über den Strich war er gesprungen.

»Mädel können nicht springen,« höhnte Anton Friedlich, als Krämers Trude in den Graben sank.

»Das ist frech, hast auch drin gelegen!« Annchen Amsee reckte sich, nahm eilig einen ihrer braunen Bummelzöpfe in den Mund und sauste so geschwind über den Graben, daß sie drüben gleich Schulzens Jakob und Schnipfelbauers Fritz umriß.

»So nun sind's vier,« sagte Friede Hopserling, »weil Annchen am besten gesprungen ist, darf sie sich noch ein Mädel aussuchen. Ein Mädel ist leicht, das ziehen meine Pferde noch.«

»Mariandel,« rief Annchen Amsee geschwind und lief auf das schüchterne blonde Dirnchen zu, das es gar nicht gewagt hatte, zu springen. »Du mußt mit, über dich freut sich der Friede am meisten.«

»Nä, über mich, an mich hat er geschrieben,« beharrte Heine Peterle, und die andern widersprachen ihm nicht. Sie redeten schon eifrig von der Fahrt, und ob es die Eltern erlauben würden. Doch die waren gut und sagten nicht nein; wenn Friede Hopserling die Kinder unter seinen Schutz nahm, dann waren sie wohl geborgen.

Es gab an diesem Nachmittag viel Aufregung im Dorf. Die Kinder liefen dahin und dorthin, um von ihrer Stadtfahrt zu erzählen, und jeder gab ihnen gute Ratschläge. Kaspar auf dem Berge sagte: »Nehmt ein Huhn mit, die Dame – denn das ist sie –, sie hat's gesagt, will immer ein Huhn haben!«

Da rannten die Kinder und flehten ihre Mütter an, sie sollten ihnen ein Huhn schenken, und die Mütter sagten, so was wäre Unsinn, dann sollten sie lieber daheim bleiben. Endlich, als das Bitten gar nicht nachließ, gab Heine Peterles Mutter wirklich ein Huhn her, eins, das keine Eier legte, pechschwarz und so unnütz war, daß man es im ganzen Dorfe nur den kleinen Teufel nannte. Nachdem die Kinder das Huhn hatten, wollten sie auch Eier haben, aber da schrie Heine Peterle: »Nä, nä, mit Eiern fällt man in der Stadt immer hin!«

»Ich geb' euch für den Friede und seine Pflegeeltern Kuchen mit, und damit ist's genug, weiter wird nichts mitgenommen,« sagte die Schulzenfrau endlich, denn ihr Jakob hätte am liebsten das halbe Bauerngut mit nach der Stadt geschleppt. Muhme Lenelies kam auch und brachte einen Brief für ihren Friede. Die alte Frau freute sich über die Fahrt der Kinder am allermeisten, sie dachte nur immer: »Wie wird sich mein Friede freuen! Gewiß hat er sich schon sehr gebangt!«

Die Liebesgabe.

Mit viel Geschwätz, Geschrei, mit großer Wichtigkeit und Eile brachen die fünf Reisenden am nächsten Morgen auf. Auf dem Dorfplatz am Brunnen trafen sie sich und taten, als wollten sie miteinander eine Reise um die Welt machen. Der Abschied war auch danach. Annchen Amsee und Mariandel weinten ein bißchen, und die Buben sahen so grimmig drein, als wollten sie in der Stadt die größten Heldentaten verrichten. Jedes trug ein rotgemustertes Taschentuch zu einem Eßbündelchen zusammengebunden, und jedes fand das überflüssig, nur Heine Peterle nicht, der sagte: »In der Stadt ist's komisch, ich hab' dort nischt zu essen gekriegt.« Sein Bündelchen war auch am dicksten, und seine Mutter meinte bedenklich: »Das ist zu viel, du wirst ja krank!«

»Nä,« rief Heine Peterle vergnügt, »vom Essen nie!« Und pfeifend zog er mit seinem Bündel neben den Gefährten her, er kam sich so ungeheuer klug und erfahren vor; er war doch schon einmal in der Stadt gewesen, und gewiß würden sie in der Stadt sehr staunen, daß Heine Peterle aus Oberheudorf wieder einmal kam.

Fräulein Wunderlich hatte an diesem Tag »Rumpelkammerlaune«, wie das Mädchen Marie es nannte. Diese Laune hatte sie jetzt freilich immer, und ob es draußen regnete oder die Sonne schien, immer ging das Fräulein mit einem brummigen Gesicht einher. »Seit sie den Jungen aus Oberheudorf rausgeschmissen hat, ist's, als säße sie immer in unserer dunklen Kammer,« murrte Marie, der es gar nicht mehr im Organistenhaus gefiel. Sie sah dann auch nicht gerade wie Frühlingswetter aus, als sie an diesem Tage die Fenster blank putzte. Der Johannesplan lag still und einsam da, das Gymnasium hatte schon begonnen, und kein grünbemützter Bube rannte mehr über den Platz. Nur am andern Ende spielten ein paar kleine Kinder Kreisel; manchmal drang ihr lustiges Lachen zu Marie hinüber, dann erhellte sich deren Gesicht immer ein bißchen, denn sie hatte alle Kinder lieb. In dem großen Garten des Nachbarhauses war auch alles still, und Marie dachte, wie schon so oft in diesen Tagen: »Rein wie verschwunden ist

71

der Junge, nicht mal sehen tue ich ihn.« Sie ahnte nicht, daß Friede stets durch eine kleine Seitentüre am andern Gartenende das Haus verließ und um die Kirche herumlief, nur um nicht am Organistenhaus vorbei zu müssen. So hatte er es auch an diesem Tage gemacht, an dem er wieder wie immer mit schwerem Herzen in die Schule lief. Einsam saß er unter seinen Genossen, er sprach mit keinem, ging allen scheu aus dem Wege, aber oft genug gellte der spottende Ruf: »Friede Pfennig aus Oberheudorf,« hinter ihm her.

Während Friede so still in der Schule saß und Marie Fenster putzte, klippten und klappten auf einmal fünf Paar Kinderbeine laut über das Pflaster des Kirchplatzes. Marie bog sich aus dem Fenster und schaute erstaunt die Buben und Mädel an, die da einherkamen. »Na, die sind doch nicht von hier,« dachte sie lächelnd; die fünf hatten sich so fein gemacht und sahen so stolz und vergnügt drein, als wollten sie den ganzen Johannesplan kaufen. »Du meine Güte,« rief Marie erstaunt, »sie kommen zu uns!«

Wirklich kamen die Kinder auf das Organistenhaus zu. Einer der Buben streckte die Hand aus: »Dort ist's,« und ein Mädel rief eifrig: »Es steht Wunderlich dran, ich kann's lesen.«

»Ich will klingeln.« Heine Peterle drängte sich vor und drückte sehr kräftig auf den weißen Knopf; oh, er wußte schon Bescheid mit dem städtischen Klingeln!

Ehe Marie noch voller Erstaunen von dem Fensterbrett heruntergeklettert war, lief Fräulein Wunderlich schon ärgerlich herbei, um zu öffnen. Es hatte den ganzen Tag noch nicht einmal geklingelt, und doch schalt sie: »Man hat auch nicht fünf Minuten Ruhe.« Sie riß die Türe auf und schaute verdutzt auf die Buben und Mädel draußen, die sie halb neugierig, halb verlegen anstarrten. Nur ein Bube trat eiligst vor, verbeugte sich sehr tief und schrie das Fräulein an, als wäre sie taub: »Wir sind da, weil der Friede mich eingeladen hat und – und –«

Annchen Amsee trug das schwarze Huhn, das den Kindern unterwegs schon recht unbequem gewesen war; es wollte sich durchaus nicht ruhig tragen lassen, zappelte immer hin und her und benahm sich recht wie ein kleiner Teufel. Annchen hatte es noch am längsten tragen können, doch jetzt war ihre Kraft und die Geduld des Huhnes zu Ende; mit lautem Geschrei flog es Fräulein Wunderlich an die Nase. – »Das Huhn bringen wir mit,« vollendete Heine Peterle aufatmend.

»Ich danke schön dafür,« rief das Fräulein wütend.

»Bitte!« Annchen Amsee und Mariandel knicksten tief, sie wußten doch, daß es sich schickt, nach jedem Dank »bitte« zu sagen.

»Bitte,« brüllten es ihnen die Buben nach und verneigten sich auch. Heine Peterle aber sagte stolz: »Das ist von meiner Mutter und heißt Teufel, und Muhme Rese hat gesagt, für die Stadt wär's gut genug!«

»Ih, du bist ja ein ganz abscheulicher, frecher Bengel,« rief Fräulein Wunderlich so entrüstet, daß Heine Peterle ganz erschrocken zurückwich.

»Nä, das ist er nicht!« Annchen Amsee strich sich ihr Schürzchen glatt, stellte sich wichtig vor das Fräulein hin, schaute sie mit ihren runden Braunaugen treuherzig an und versicherte: »Nä, das müssen Se nich vom Heine Peterle denken, der ist ganz gut.«

Das kleine Mädel, das so zutraulich und offen zu ihr aufsah, brachte Fräulein Wunderlich in Verlegenheit. Sie schämte sich im Herzen etwas ihrer schnellen Heftigkeit, und viel sanfter fragte sie: »Ja Kinder, was wollt ihr denn eigentlich hier?«

»Den Friede besuchen!« riefen alle wie aus einem Munde,

und Annchen Amsee knickste wieder und begann geschwind zu erzählen von dem schulfreien Tag, von Friede Hopserling, von dem Wettspringen, und während sie schwatzte, bekamen Mariandel und die Buben auch Mut und redeten mit; sie redeten wie ihnen der Schnabel gewachsen war.

Marie kamen die fünf sehr spaßhaft vor, sie lachte vergnügt, während sie das schwarze Huhn gutmütig streichelte. Das Lachen machte die Kinder noch mutiger, sie schwatzten immer lebhafter, erzählten die Geschichte von dem ungelesenen Brief und versicherten dazwischen immer wieder, Friede würde sich ungeheuer über ihren Besuch freuen. »Er schießt 'nen Purzelbaum, sicher,« behauptete Schnipfelbauers Fritz. Das tat er selber nämlich immer, wenn er Geburtstag hatte.

»Und Kuchen haben wir auch mit,« zwitscherte Annchen Amsee.

»Ja, viel!« Schulzens Jakob blähte sich wie ein kleiner Frosch auf. »Meine Mutter hat gesagt, da wär' ordentlich Butter drin, der würde den Stadtleuten schon schmecken!«

»Der ist fein!« Annchen Amsee leckte mit ihrem roten Zünglein geschwind die Mundwinkel, »hm, fein!«

»Und 'nen Brief hab' ich für Friede von Muhme Lenelies,« flüsterte Waldbauers Mariandel schüchtern, »und grüßen soll ich von der Muhme, und – und – sie tät Ihnen dankbar sein.« Das Mädel atmete tief auf, die lange Bestellung war ihm sehr schwer geworden.

Die Kinder hatten in all ihrem Schwatzen gar nicht gemerkt, daß das Fräulein ganz still war; kein Wort sagte es, und manchmal seufzte es tief, wie jemand, dem eine Last auf dem Herzen liegt. Die fünf Paar Beine, die so tapfer die vielen Stunden auf der Landstraße gelaufen waren, hatten den schneeweißen Hausflur bald recht schmutzig getreten, und das Schwatzen durchhallte das Haus sehr laut. Selbst die alte Treppe wunderte sich über den ungewohnten Lärm, und sie knackte ein paarmal unwirsch. Aber das alles schien Fräulein Wunderlich gar nicht zu merken. Sinnend, ernsthaft betrachtete sie die Kinder, schaute in die treuherzigen Augen, die ihr aus den blühenden, runden Gesichtern entgegenstrahlten, und dachte nur immer: »Das sind nun Friedes Freundinnen und Freunde, – ob der Junge wohl auch so vergnügt hätte schwatzen können?« Und dann sann sie nach: Was tue ich nur mit den Kindern, wie sage ich es ihnen, daß ich ihren Freund – –? Sie erschrak auf einmal tief vor ihrer Tat. Hinausgeworfen hatte sie den Jungen, und plötzlich schlug sie vor den Kindern die Augen nieder.

»Jetzt sieht sie die Schmutztrapsen, jetzt wird sie gleich furchtbar schelten,« dachte Marie erschrocken, die mit großer Freude den Kindern zugehört hatte. Aber merkwürdigerweise schalt Fräulein Wunderlich nicht, sondern sagte sehr sanft: »Marie, du könntest Schokolade für die Kinder kochen. Die Schule ist ja noch lange nicht aus, und sicher werden die Kinder hungrig sein.«

»Schokolade?« Die fünf Reisegefährten rissen Augen und Mund weit auf; Schokolade gab es in Oberheudorf sehr, sehr selten, nur an den allerhöchsten Festtagen, und hier in der Stadt sollten sie gleich das köstliche Getränk bekommen. Und wie komisch, das Fräulein fragte auch noch: »Mögt ihr Schokolade gern?«

»Ja!« brüllten alle fünf, so laut sie konnten, und unverhohlen, riesengroß stand die Freude auf ihren Gesichtern geschrieben.

Fräulein Wunderlich lächelte milde, so milde, wie sie lange, lange nicht gelächelt hatte. Sie führte die Kinder selbst in das Wohnzimmer und schien es gar nicht zu sehen, daß der Teppich auch ein bissel Schmutz von der Landstraße als Mitbringsel bekam. Die fünf Oberheudorfer durften sich um den runden Tisch herumsetzen, auf den Marie alsbald ein blütenweißes Tischtuch breitete, und auf den sie wundervolle, mit Rosen bemalte Tassen stellte. Ordentlich feierlich wurde es den Kindern zumute, sie verstummten mehr und mehr, und Fräulein Wunderlich mußte ein paarmal mahnen: »Erzählt mir noch etwas! Seid ihr wirklich den weiten Weg immerzu gelaufen?«

Die Kinder antworteten, aber als dann Marie mit der Schokolade kam und einen Teller feine, weiße Buttersemmeln dazu hinstellte, da verstummten die Buben und Mädel vollständig. Sie lachten nur selig vergnügt, und dann kauten und schluckten sie voller Behagen, während Herrin und Dienerin ihnen andächtig zusahen. Fräulein Wunderlich mußte an ihre Kinderzeit denken. Damals hatte es zu den Geburtstagen auch Schokolade gegeben, ihre beiden Schwestern hatten noch gelebt, und drüben aus dem Nachbarhause waren die lustigen Spiegeleier gekommen – so hatten die Wunderlichkinder die beiden Brüder von Spiegel genannt. Dem Fräulein wurde es seltsam weich ums Herz. Warum war nur alles so anders geworden? Feindschaft herrschte, wo es einst Freundschaft gegeben hatte! – –

Heine Peterle setzte tief aufatmend seine Tasse nieder, – die fünfte war es gewesen, nun konnte er wirklich nicht mehr, er war plumpssatt. Jetzt dachte er wieder an den Freund und fragte: »Kommt der Friede nun bald aus der Schule?«

»Der hat's aber gut!« seufzte Schulzens Jakob, der einen Schokoladenbart von einem Ohr bis zum andern hatte.

In Fräulein Wunderlichs blasses Gesicht stieg eine leichte Röte, wirklich, sie schämte sich vor den Kindern. Leise stockend erwiderte sie: »Der Friede – – ist – – er wohnt gar nicht bei mir, sondern im Nebenhaus.«

Buben und Mädel sahen einander verdutzt an, endlich sagte Annchen Amsee schüchtern: »Ach – – hier ist's wohl zu fein für ihn?«

»Wo ist er denn?« rief Mariandel kläglich. »Ich will doch zum Friede!«

»Im Nebenhaus drüben wohnt er, Kinder!« Fräulein Wunderlich seufzte wieder; ja, nun mußte sie doch den Kindern alles erzählen!

Aber da sagte Marie plötzlich: »Das mit dem Friede ist nu so'ne Geschichte. Mein Fräulein hat nicht gleich gewußt, was das für'n guter Junge ist, und hat gedacht, er tut's aus Bosheit, daß er rüber in'n Garten geklettert ist, und drüben, da wohnt 'n alter Herr, der hat ihn gleich behalten. Habt ihr denn das in Oberheudorf nicht gewußt?«

»Nä!« Die Kinder sahen wieder höchst erstaunt drein. Maries Rede hatten sie nicht ganz verstanden, nur Mariandel rief plötzlich entrüstet: »Der Friede ist doch nicht boshaft!«

»Ih wo, ist er auch nicht,« beruhigte Marie, »ich bringe euch nachher ins Nachbarhaus, und dann erzählt ihr dem Friede, wie schön's hier gewesen ist.«

»Ja, und sagt ihm, er möchte mich recht bald besuchen,« fiel Fräulein Wunderlich hastig ein, und im Herzen nahm sie sich vor: »Ich tue dem Buben was Liebes an, ich will meine Härte gut machen.«

»Jetzt wird bald drüben die Schulglocke läuten, nun kommt euer Friede gleich raus,« rief Marie, und dies Wort ließ selbst das plumpssatte Heine Peterle gleich aufspringen, und die Buben wären beinahe ohne Lebewohl und Dank hinausgestürmt; aber Annchen Amsee mahnte mit sanften Püffen an diese Pflicht, und so dankten denn alle sehr höflich, legten ihre braunen Patschen treuherzig in der Hausherrin weiße Hand und versprachen sehr vergnügt das Wiederkommen.

»Wenn wieder keine Schule ist,« »Wenn Schnipfelbauers Fritz wieder fährt,« »Nächste Woche vielleicht,« so tönte es durcheinander. Und dann dachten die Mädel an den Kuchen und an das Huhn, aber Fräulein Wunderlich sagte, das müßten sie alles mit ins Nachbarhaus nehmen, das ginge nicht anders. Das wollten aber die Kinder durchaus nicht, denn das Huhn hatten sie doch für Fräulein Wunderlich mitgebracht. Kaspar auf dem Berge hatte doch gesagt, das Fräulein wünsche sich eins.

»Behalten Sie's nur,« redete Annchen Amsee zu, »es ist ganz gut, und meine Mutter sagt, vielleicht legt's doch Eier, man weiß nur nicht wohin.«

»Nä, ich nehm's nicht mehr mit,« wehrte Heine Peterle ab, der heimlich Angst hatte, er müßte es tragen, und die andern sagten es auch, von dem Kuchen sagten sie aber nichts.

»Ich dächte, 's wär' schon am besten, wir behielten den kleinen Teufel jetzt da,« ließ sich Marie vernehmen, »denn sonst passiert den Kindern noch was damit.«

»Nun gut, es soll hier bleiben, und der Friede kann's besuchen,« entschied Fräulein Wunderlich. »Und vergeßt es nicht, Friede zu sagen, er soll bald zu mir kommen,« mahnte sie noch, als die fünf schon zur Haustüre hinausliefen.

Die hörten dies kaum noch, sie sahen die ersten Grünmützen über den Johannesplan laufen und rannten auf das Gymnasium zu. »Da ist er!« brüllte Heine Peterle, und trotz der vielen Schokolade lief er nun doch wie ein Wiesel ihm entgegen in den Schulhof hinein.

»Friede, wir sind da! Friede, wir woll'n dich besuchen!« Traumfriede wußte nicht, wie ihm geschah, als ihn da auf einmal die fünf Oberheudorfer umringten. Jubelnd und lachend schwatzten sie auf ihn ein und merkten es gar nicht, daß sich um sie herum lauter Grünmützen stellten. »Hollah, Friede Pfennig hat Besuch bekommen, wohl auch aus Oberheudorf!« schrie ein Klassengenosse, und ein paar Stimmen schrien es ihm nach.

Friede wurde totenblaß bei diesem Spott, und ein häßliches, nie gekanntes Gefühl stieg in ihm auf: er schämte sich in diesem Augenblick der alten Freunde, und diese Scham schloß ihm jäh den Mund.

Die fünf sahen ihn an. Der da, das war doch gar nicht mehr ihr Friede, ihr alter Schulgefährte. So fremd sah er aus, und nun merkten sie auch, daß die Buben, die um sie herumstanden, spotteten, keck und übermütig. Ein langer Junge griff nach Heine Peterles vielgeliebter Pelzmütze, die dieser trotz des warmen Frühlingswetters trug. »Heda, du kommst ja wohl vom Nordpol?«

»Nee, aus Oberheudorf,« spotteten die andern. Aber sie hatten sich verrechnet, allzu viel ließen sich die Dorfbuben nicht gefallen. Klatsch, klatsch, schlug Schulzens Jakob geschwind um sich, und Heine Peterle und Schnipfelbauers Fritz folgten seinem Beispiel. Da kam Friede auch wieder zu sich. Zorn und Scham über sich selbst verliehen ihm doppelte Kräfte, er schob einen Buben, der ihn um Kopfgröße überragte, einfach zur Seite und schrie grob: »Laßt sie in Frieden, die gehören zu mir!«

»Na, seht doch die frechen Dorfjungen!« höhnte einer, aber schwapp hatte er einen Katzenkopf weg und einen Rippenstoß dazu, beides von guter Oberheudorfer Art. Die Stadtjungen merkten bald, daß die Oberheudorfer nicht mit sich spaßen ließen. Puffend, stoßend, kampfbereit wie junge Hähne zogen die sechs Heimatgenossen aus dem Schulhof wieder hinaus. Die Mädel ließen sich auch nichts gefallen, und Annchen Amsee gebrauchte ihr rotes Eßbündelchen dazu, es den Grünmützen um die Ohren zu schlagen. Die traten endlich den Rückzug an, und vor dem Spiegelhaus ließen sie die sechs in Ruhe und liefen davon.

Der Gärtner hatte das Geschrei gehört und kam eilig herbei, um zu sehen, was dies eigentlich zu bedeuten hätte. Erstaunt sah er den kleinen Gast seines Herrn unter den

Dorfkindern stehen. Die redeten eifrigst auf Friede ein, erzählten von dem Brief, ihrem Weg hierher und versicherten immer wieder: »Wir sind nur gekommen, um dich zu besuchen.«

Mariandel fragte eindringlich: »Freust dich wohl arg, gelt, Friede?« Aber sie erhielt keine Antwort. Friede konnte sich gar nicht recht freuen, er wünschte, die Freunde wären nicht gekommen; er wußte nicht, was er mit ihnen anfangen sollte. Sie mit in das Haus zu nehmen, wagte er nicht, und er seufzte, als Annchen Amsee nun schon zum dritten Male fragte: »Gehen wir nun ins Haus? Das sieht aber fein aus!«

Der Gärtner war inzwischen zu dem Professor gegangen und hatte ihm von dem Kinderbesuch erzählt. Der rief zwar etwas erschrocken: »Lieber Himmel, gleich fünf!« Er erlaubte aber doch, daß sie hereinkamen. Friede war heilfroh, als der Hausverwalter seine Gäste holte, er hätte in seiner Verlegenheit wohl noch etliche Stunden mit ihnen vor dem Tore gestanden. Er schämte sich nachher seiner Zaghaftigkeit sehr, denn der Professor empfing die Kinder so freundlich, als hätte er just an dem Tage gedacht: »Wenn ich doch Besuch aus Oberheudorf bekäme!«

Annchen Amsee erkannte den alten Herrn gleich wieder. Oh, sie wußte es noch genau, er hatte ihr die Backen gestreichelt und sie ein putziges Frauenzimmerchen genannt. »Ja,« rief Schnipfelbauers Fritz stolz, als Annchen dies erzählte, »un ich sollt' 'ne Maulschelle kriegen, aber ich hab' se nich gekriegt!«

»Na siehst du,« sagte der Professor lächelnd, »da sind wir ja alte Freunde. Nun erzählt mir mal, wie ihr hergekommen seid.«

Das ließen sich die Kinder nicht zweimal sagen, sie erzählten alles, auch von dem Schokoladefest bei Fräulein Wunderlich. Zu essen bekamen die Kinder auch etwas, und es schmeckte ihnen so gut in dem gastlichen Hause, daß die

Hausverwalterin mitleidig dachte: »Die bekommen zu Hause gewiß recht wenig zu essen.« Sie hatte eben keine Ahnung, was in einen rechten Oberheudorfer Kindermagen hineingeht.

Nach Tisch sollten sich die Kinder die Stadt ansehen, da Friede an diesem Nachmittage keine Schule hatte. Zuvor durfte sie Friede selbst rasch einmal durch alle Zimmer führen, die der Professor bewohnte. Dabei kamen sie auch durch einen großen Saal, in dem die Sammlung des Hausherrn aufgestellt war: antike Büsten und Statuen, Krüge, Vasen, Waffen und allerlei Gebrauchsgegenstände aus uralten Zeiten, und die fünf Oberheudorfer rissen die Augen weit auf vor Erstaunen. »Ja warum stellt sich jemand nur so häßliche alte Sachen hin?« fragten diese Augen alle.

»Es ist ja fast alles zerbrochen,« flüsterte Annchen Amsee, und Mariandel lispelte ängstlich: »Weiß denn der Herr, daß sein Zeug alles kaput ist?«

»Ja doch, er hat dies alles gesammelt,« erklärte Friede, und in seine blauen Augen trat ein träumerisches Sinnen. Er fand nämlich die kaputen Sachen gar nicht so häßlich. Aber da puffte Heine Peterle und kicherte: »Nun sieh doch da den Topf mit 'nem Loch, und da noch einen, und der Mann hat keine Arme, und, hihihihi, der Frau haben sie die Nase abgehauen.«

»Herr Professor hat aber seine Freude an den Sachen,« sagte Friede, und er hätte ganz gern den Freunden von den alten Griechen und Römern etwas erzählt, denen einst alle diese Dinge gehört hatten. Die fünf meinten aber, es wäre nun besser, sie gingen in die Stadt. Die zerbrochenen Töpfe gefielen ihnen gar nicht, ja Annchen Amsee sagte verächtlich: »Meine Mutter hat ein paar, da fehlt der Henkel, aber die sind viel hübscher.«

»Ach, kommt in die Stadt, ich will was kaufen,« rief Schulzens Jakob und klimperte protzig mit drei Groschen.

Er kam sich ungeheuer reich vor.

»Ja, einkaufen wollen wir,« riefen auch die andern. Da schwieg Traumfriede von den alten Griechen und Römern und führte seine Heimatgenossen in die Stadt.

Feldburg hatte nur eine Hauptstraße, in der es hübsche Läden gab, denn es war ja eine kleine Stadt, Großstädter nannten sie eben »ein Nest«. Aber die Oberheudorfer Buben und Mädel waren halt keine Großstädter, ihnen kam die Stadt erstaunlich groß vor. Ihre derben Schuhe klapperten laut über das Pflaster, als sie nun wieder über den Johannesplan trabten. Jeden Menschen, den sie sahen, grüßten sie höflich. Als sie aber in die Hauptstraße einbogen, sagte Friede: »Laßt lieber das Gutentagsagen sein, hier tut man das nicht!«

»Pfui, wie unhöflich!« Annchen Amsee rümpfte das Näschen, aber gleich darauf vergaß auch sie ihre Entrüstung, denn Heine Peterle schrie plötzlich laut auf: »Nä, da rennt 'n Wagen ohne Pferde!«

Die Wege, die nach Oberheudorf führten, waren nicht besonders glatt und schön, und darum hatte noch niemand diese Fahrt mit einem Automobil unternommen. Ein solches Fahrzeug war den Kindern also vollständig unbekannt. Sie staunten es darum mit offenem Mund an. »Wie war es nur möglich, daß ein Wagen ohne Pferde fahren konnte!«

»Da ist noch einer!« schrie Jakob, und alle fünf rannten auf den Fahrdamm dem merkwürdigen Ding entgegen.

»Runter!« brüllte sie da ein Mann an. Er faßte Heine Peterle und Schulzens Jakob beim Kragen, Friede zerrte die Mädel auf den Fußsteig zurück, eine Frau hatte Schnipfelbauers Fritz ergriffen. Mit einem Ruck stand das Automobil still, es hätte beinahe die Kinder überfahren. Der Chauffeur, die Insassen, die Fußgänger, alles schalt auf die Kinder ein, die so verdattert waren, daß sie gar nichts sagen konnten. Nur Schnipfelbauers Fritz schrie immerfort: »'n

Wagen ohne Pferd, 'n Wagen ohne Pferd!«

»Die sind ja wohl aus Afrika?« brummte ein dicker Schutzmann, und die Umstehenden lachten.

»Nee, die sind aus Oberheudorf,« brüllten etliche Grünmützen, und Friede erkannte zu seinem Entsetzen ein paar Klassengenossen. O weh, nun würde der Spott wieder losgehen. Er senkte scheu den Kopf und bat: »Kommt doch, kommt, da ist ein Laden. Annchen kann dort eine Tasse kaufen.«

Den fünfen war das recht. Sie waren auch froh, aus dem Tumult herauszukommen, und so folgten sie alle eilig Friede in einen großen Laden hinein. Hier vergaßen sie vor Staunen gleich den soeben überstandenen Schrecken. So viele schöne Tassen, Teller, Krüge, Vasen, silberne Kannen und Zuckerschalen und hunderterlei Sachen hatten sie noch nie gesehen. Besonders die Mädel gerieten fast aus dem Häuschen vor Freude, und Annchen Amsee rief gleich: »Die Tasse will ich kaufen, – nein, die da, nein, die!«

Die Verkäuferin sah die neuen Kunden etwas erstaunt an. Weil aber Annchen Amsee so rasch dies und das kaufen wollte, lächelte sie huldvoll und sagte: »Sucht euch nur aus, die Tassen dort sind besonders schön.«

Ja, Annchen fand die bezeichneten Tassen auch wunderfein, sie waren ganz mit Rosen bemalt und innen vergoldet. »So eine nehme ich,« rief Annchen und holte ihr Sacktüchlein hervor, in dem sie ihr Geld eingebunden hatte. Sie war sehr reich, reicher noch als Schulzens Jakob, denn sie hatte vier Groschen. Wichtig legte sie das Geld auf den Ladentisch und fragte: »Krieg ich zwei dafür?«

Ihre Gefährten sahen sie bewundernd an. Nein, war das Annchen schnell beim Kauf! Sie tat ja gerade, als wäre sie schon hundertmal in der Stadt gewesen und hätte schon oft schöne Tassen gekauft.

Die Verkäuferin hatte eine Rosentasse vom Brett genommen und sah nun prüfend auf das Geld. »Aber Kind,« rief sie, »so eine Tasse kostet drei Mark! So billige Tassen haben wir überhaupt nicht; da kannst du höchstens so eine dafür bekommen.« Sie hielt Annchen eine glatte weiße Tasse hin, die nur einen schmalen goldenen Rand hatte. »Nimm die, sie ist sehr hübsch.«

»Nä, die is nich hübsch, gar nich.« Heine Peterle kam Annchen zu Hilfe. Er mußte doch zeigen, daß er in der Stadt Bescheid wußte, und kräftig tippte er mit seinem braunen Zeigefinger auf die Rosentasse: »So eine soll's sein.« Klirr, wackelte dabei die Tasse hin und her. »Ih, du dummer Bube,« rief die Verkäuferin und sah auf einmal gar nicht mehr freundlich, sondern ziemlich ärgerlich aus. »Gleich läßt du die Tasse stehen! Ich dachte es mir gleich, solche teure Sachen sind nichts für euch. Geht hier gleich gegenüber zu Herrn Schulze, das ist ein Ramschladen, der hat Tassen genug für euch.«

»Ja, wir wollen lieber gehen,« flüsterte Mariandel und sah ängstlich auf Schulzens Jakob, der sehr eifrig eine schöne Vase befühlte. »Kommt, sonst macht Jakob was kaput.«

Die Verkäuferin schien das auch zu befürchten, sie rief erschrocken: »Stehen lassen, nichts angreifen! Wer etwas anfaßt, muß Strafe zahlen. Geht nur, geht; im Ramschladen findet ihr schon etwas!«

»Ja, kommt,« mahnte auch Friede, und die Oberheudorfer fanden auch, das Fräulein im Laden sei viel zu unfreundlich. Der mochten sie gar nichts mehr abkaufen. Sie verließen rasch das Geschäft und beschlossen draußen, zu Herrn Schulz zu gehen; sicher war der höflicher als das Fräulein. Herr Schulz hatte nun freilich keinen so prächtigen Laden, sondern nur ein kleines, schmales Budchen, in dem alles durcheinander und übereinander stand. Es herrschte ein richtiges Sammelsurium darin, aber den Oberheudorfern gefiel es doch sehr. Die Buben zogen höflich die Mützen, die Mädel knicksten tief, und Herr Schulz lächelte und zog seinen Mund so breit wie eine Schublade.

»Na, Kinder, was wollt ihr denn?«

»Eine Tasse kaufen in Ihrem Ramschladen,« sagte Heine Peterle und fand das sehr nett und höflich gesagt. Und Annchen Amsee rief voller Bewunderung: »Ach, der Ramschladen ist aber fein!«

»Potzwetter,« schrie Herr Schulz da zornig, »so eine freche Bande, mein Geschäft einen Ramschladen zu nennen! Na wartet nur!« Und hopps sprang Herr Schulz über den Ladentisch und packte Schulzens Jakob, der sich am weitesten vorgedrängt hatte. Er wollte dem gerade einen richtigen Katzenkopf versetzen, als Friede seine Hand erschrocken festhielt und sagte: »Bitte nicht schlagen, Herr Schulz, die haben es nicht böse gemeint.«

»Nä, nä,« schrieen die andern angsterfüllt, »wir haben doch nischt getan!«

»So, mein Geschäft einen Ramschladen nennen, das nennt ihr wohl höflich?« Ein bißchen freundlicher schaute Herr Schulz schon drein, und Friede erzählte geschwind, was das Fräulein gegenüber gesagt hatte. »Na, der werde ich noch meine Meinung sagen,« brummte Herr Schulz und fragte nun gar nicht mehr streng: »Ihr dachtet wohl, ein Ramschladen wäre etwas sehr Nettes?«

Die Kinder nickten, und Annchen Amsee flüsterte: »Hier ist's doch auch so schön!«

»Ja freilich ist's schön bei mir!« Herr Schulz lächelte wieder versöhnt. »Nun sagt mir, was ihr haben wollt.«

Die Kinder wollten viel. Mit Herrn Schulz ließ es sich aber auch gut handeln, der fragte erst, wieviel Geld sie hätten, und dann schnitt er kein verächtliches Gesicht wie das Fräulein gegenüber, sondern holte ganz wundervolle Tassen herbei. Jedes Mädel konnte eine Tasse erstehen und noch ein buntes Zopfband dazu, denn Bänder hatte Herr Schulz auch. Und für die Buben waren Trillerpfeifen und Mundharmonikas da. Heine Peterle erstand sogar eine rosenrote Flöte, die zur allgemeinen Freude wie ein Frosch quakte, obgleich Herr Schulz behauptete, man könnte darauf wie eine Nachtigall flöten. Schulzens Jakob sagte aber: »'n Frosch ist besser als 'ne Nachtigall.«

Die Kinder trennten sich nur schwer von dem freundlichen Herrn Schulz, und sie versprachen ihm ganz fest, das nächste Mal würden sie bestimmt wiederkommen.

Schnipfelbauers Fritz und Schulzens Jakob, die sehr schöne, grelltönende Trillerpfeifen gekauft hatten, verließen den Laden zuletzt. Als sie schon an der Türe standen, sagte Herr Schulz plötzlich halblaut zu ihnen: »Ich würde dem groben Fräulein da drüben einmal etwas pfeifen, wenn ich ein Bube wäre.«

Die beiden sahen sich an. Heisa, das war so ein Spaß nach ihrem Sinn!

»Wir machen's, aber allein,« tuschelte Schnipfelbauers Fritz, »die Mädel haben gleich Angst, und der Friede mag so was auch nicht.«

»Hm, alleine!« Jakob blieb stehen und sah den Kameraden nach. Die bogen just in eine Seitenstraße ein und schwatzten so miteinander, daß sie sich an der Ecke gar nicht umsahen. Einen Augenblick zögerten die Buben noch, schwapps flogen da Annchen Amsees braune Zöpfe um die Ecke. Nun waren die vier verschwunden, die beiden aber liefen auf den Laden zu und spähten erst einmal durch die Glastüre hinein. Sie sahen niemand. Die Verkäuferin stand ganz hinten; dort suchten sich gerade ein paar Damen eine Teekanne aus. Wie die Buben leise zögernd die Türe öffneten, sahen sie gegenüber Herrn Schulz höchst vergnügt vor seinem Ramschladen stehen. Das stärkte ihren

Mut, wutsch waren sie im Laden drin und pfiffen dort laut und gellend auf ihren Pfeifen. »Trilililiiii –« schallte es in den Laden hinein, und das Fräulein ließ vor Schreck fast eine Teekanne fallen. Die beiden Damen aber riefen entsetzt: »Das brennt wohl, oder eine Lokomotive ist auf der Straße, o Himmel!«

»Trilililiiii,« pfiffen die Buben weiter, aber da kam schon die Verkäuferin angerannt, und nun hieß es ausreißen. Sie wollten geschwind zur Türe hinaus, doch die ging nicht nach außen, sondern nach innen auf. Die Buben prallten zurück; Schnipfelbauers Fritz stieß an Schulzens Jakob, und der an etwas, das hinter ihm mit einem ganz fürchterlichen Geklirr zusammenstürzte. Das Ladenfräulein schrie laut auf: »Hilfe, Hilfe! Polizei, Polizei!«

Die beiden Missetäter entflohen entsetzt. Sie sahen nicht rechts, nicht links; sie liefen wie die Hasen. Draußen bogen sie statt nach rechts nach links herum, rannten dann in die nächste Querstraße hinein, und als sie jemand anredete: »Na, was rennt ihr denn so?« da sausten sie in ihrer Angst noch schneller weiter.

Um diese frühe Nachmittagsstunde waren wenige Menschen unterwegs in der Stadt, und die beiden Buben kamen ungehindert durch allerlei Straßen und Gassen, bis sie endlich merkten, daß sie gar niemand verfolgte. Da blieben sie stehen und sahen sich um. Ja wo waren sie eigentlich? Die Straße, in der sie standen, war still und einsam; ein paar stattliche Häuser standen darin, die in großen Gärten zu liegen schienen, denn über graue Mauern ragten Bäume hinweg. Die beiden kamen sich schrecklich hilflos und verlassen in der großen Stadt vor, von den Gefährten war nirgends auch nur ein Zipfelchen zu erblicken, und dazu quälte beide noch das böse Gewissen. Das hatte gar so sehr geklirrt in dem Laden, gewiß war sehr viel zerbrochen, und gewiß würde man sie suchen und –.

Sie wagten die Folgen ihres Streiches gar nicht auszudenken, nur einmal murmelte Jakob: »Sie sperren uns ein!«

»Wir reißen aus,« flüsterte Schnipfelbauers Fritz und sah sich scheu um. »Weißte was, wir laufen immer voran nach Hause.«

Der Plan leuchtete Schulzens Jakob ein, aber wo lag Oberheudorf?

»Wir fragen,« meinte Fritz mutig und trat wirklich keck auf einen etwas größeren Jungen zu, der gerade vorbeiging. »Weißte, wo Oberheudorf liegt?«

»Auf dem Monde,« sagte der, pfiff sich eins und lief die Straße entlang.

»Frech!« sagten die beiden Oberheudorfer entrüstet, als hätten sie noch nie eine unnütze Antwort gegeben. Sie liefen wieder ein Stück die Straße entlang und fragten dann wieder einen Buben. Der wußte ihnen aber auch keine Antwort zu geben, er riet ihnen: »Geht nur immer der Nase nach.« Damit wären die beiden freilich nie nach Oberheudorf gekommen, denn Jakob mit seiner Himmelfahrtsnase hätte immer bergauf gehen müssen und Schnipfelbauers Fritz links herum; seine Nase war nämlich schief. Den beiden war das Weinen schon näher als das Lachen, sie standen wie ein paar begossene Pudel auf der Straße, und wenn jemand kam, erschraken sie. Sicher holte man sie und sperrte sie ein. Endlich fiel Schnipfelbauers Fritz der Name des letzten Dorfes ein, durch das Friede Hopserling sie gefahren hatte. Vielleicht wußte hier in der Stadt eher jemand, wo das lag. Da sie mit den Stadtbuben schlechte Erfahrungen gemacht hatten, fragten sie ein Mädchen, das aus einem der Häuser kam, und wirklich wußte sie Bescheid.

»Kommt ein paar Schritte mit,« sagte sie, »dann zeige ich euch die Straße, und ihr braucht nur immer geradeaus zu gehen. Seit ihr denn von dort her?«

»Nä, aus Oberheudorf,« bekannte Jakob zögernd.

»Du meine Güte, und ich bin aus Berenbach,« erzählte das Mädchen. »Ich bin die Katerliese und diene bei Sonntags. Aber wie kommt ihr denn hierher, seid ihr allein in der Stadt, und wie heißt ihr denn?«

Die Buben wurden verlegen, sie fürchteten sich, das Mädchen, das zwar sehr freundlich aussah, könnte sie verraten, und scheu sahen sie die Katerliese von der Seite an. Diese sagte jetzt: »Geht hier die Straße hinaus und dann immer gradaus, dann kommt ihr nach Wiesental; dort fragt ihr am besten noch einmal. Aber erst erzählt mir, wie ihr hergekommen seid.«

Das Mädchen konnte lange fragen; kaum wußten die Buben den Weg, da rannten sie auch schon wie besessen davon. »Na, so was!« brummelte das Mädchen. »Ich glaube, sie haben ein schlechtes Gewissen gehabt; sicher haben sie einen dummen Streich gemacht! Den Oberheudorfern kann man so was schon zutrauen. Ich muß die Sache nachher gleich unserem Füchslein erzählen.«

Die andern Kinder hatten inzwischen erst nach einer ziemlichen Weile das Fehlen der beiden Buben bemerkt. Sie rannten eiligst den Weg wieder zurück, aber nirgends waren die beiden zu erblicken. Sogar zu Herrn Schulz in den Laden liefen sie hinein. Herr Schulz wurde etwas verlegen, denn er hatte die beiden wie die wilde Jagd aus dem Laden rennen sehen. Er sagte: »Ach, ihr werdet sie schon finden! Übrigens sind sie nach jener Seite gelaufen!«

Nun liefen die vier die Straße hinab, aber kein Jakob und kein Fritz war zu sehen. Friede fragte ein paar Leute, einen Schutzmann, einen Briefträger, – niemand hatte die Buben gesehen.

»Vielleicht sind sie zurückgelaufen,« sagte Annchen

Amsee endlich, und alle vier trabten nach dem Johannesplan. Dort wußte aber auch niemand etwas von den Vermißten. Sogar bei Wunderlichs fragten die Mädel nach, aber Marie, die öffnete, hatte keinen Zipfel von den beiden gesehen.

Professor von Spiegel tröstete: »Sie werden sich schon finden, in Feldburg gehen nicht plötzlich ein paar Buben verloren.« Aber die Mädel brachen in ein so jämmerliches Geheul aus, daß es dem guten alten Herrn himmelangst wurde. Er gab den Kindern den Gärtner mit zur Hilfe. Der ging auf die Polizei, aber auch dort hatte niemand die Vermißten gesehen.

Als Friede Hopserling mit dem Wagen kam, seine Schützlinge abzuholen, schimpfte er gewaltig, als er von dem Verschwinden der beiden hörte. »Haue müssen sie haben, aber ordentliche! Na die sollen meine Peitsche fühlen.«

»Ich dächte, wenn man jemand hauen will, muß man ihn erst haben,« sagte Frau Emma, die Hausverwalterin des Professors.

»Ja schon,« brummte Friede Hopserling und sah besorgt nach seiner Uhr. Er mußte aufbrechen, es wurde zu spät, er wagte aber nicht, ohne die Buben heimzukommen.

»Da kommt mein Mann mit 'nem Schutzmann. Du lieber Himmel, sie haben wohl gar die Buben eingesperrt,« rief die Gärtnerin.

Jetzt brach auch Heine Peterle, der sich bis dahin sehr männlich und tapfer bewiesen hatte, in ein lautes Geheul aus, und dies Geschrei hörten die wenigen Menschen, die gerade über den Johannesplan gingen. »Im Spiegelhaus ist was passiert,« rief eine Frau und rannte geschwind nach dem Hause hin. Einige andere folgten, und zu Friedes Entsetzen kamen auch etliche Grünmützen dazu. »Natürlich wieder was mit den Oberheudorfern los,« höhnte der eine. Es war der lange Junge, der Friede schon oft geneckt hatte; er wohnte am Plan, darum war er bei allem, was geschah, dabei.

»Ich glaube, es ist am besten, Sie fahren heim,« riet der Schutzmann Friede Hopserling. »Wir werden die Knaben suchen, sie werden sich schon finden.«

»Ich bleibe hier, ich suche mit,« schrie Heine Peterle, und »Ich auch, ich auch,« schluchzten die Mädel.

»Ich weiß was,« sagte da plötzlich ein feines Stimmchen. Marianne Sonntag drängte sich durch die Leute und betrachtete mitleidig die weinenden Oberheudorfer. »Weint nicht,« tröstete sie, und dann erzählte sie flink, daß zwei Buben Sonntags Dienstmädchen nach dem Weg nach Oberheudorf gefragt hätten.

»Das sind sie, das sind sie,« riefen die Oberheudorfer alle, als Marianne sagte: »Einer hatte ein blaues Halstuch, der andere ein rotes.«

»Die haben 'ne Dummheit gemacht,« brummelte Friede Hopserling leise vor sich hin. »Steigt auf, ihr drei, wir finden sie schon.«

»Die haben sicher etwas begangen, darum sind sie ausgerissen,« sagte auch der Schutzmann und sah die andern Kinder scharf an, daß sie mit einer ungeheuren Eile auf den Wagen kletterten. Frau Emma konnte ihnen kaum noch ihre roten Eßbündel hineinwerfen, so rasch fuhr der Friede davon. »Halt, warten Sie einmal!« wollte der Schutzmann rufen, aber da rasselte der Wagen schon in die Rosengasse hinein.

Dem Friede war das Herz sehr schwer. Die Angst um die Gefährten, der Abschied, alles bedrückte ihn. Am liebsten wäre er mit nach Oberheudorf gefahren, und als der Wagen in der Rosengasse verschwand, da war es ihm, als müßte er schreien: »Nimm mich mit, Friede Hopserling, nimm mich mit!« Er biß aber die Lippen zusammen und lief in das Haus hinein.

»Nun läuft er fort und sagt gar nichts,« murrte Marianne Sonntag. »Dieser Friede ist wirklich ein Grobian, Ulli hat recht.« Sie ahnte nicht, daß der Geschmähte in diesem Augenblick in einem Gartenwinkel saß und bitterlich weinte. Ach, überall war er fremd!

Im Spiegelhaus waren sie freilich alle gut zu ihm; er hatte aber doch immer das Gefühl: »Hier gehöre ich nicht hin.« Der Professor würde ihn nicht vermissen, wenn er fortging; ein paar Wochen wollte er ihn ja überhaupt nur behalten. In der Schule mochte auch wohl niemand den Friede Pfennig leiden, und morgen spotteten sie gewiß wieder über seinen Dorfbesuch. Und dann würde er sich gar wieder schämen wie heute, und daß er es getan hatte, quälte ihn so sehr; wie eine Last lag es auf seinem Herzen. So abscheulich kam er sich vor, weil er immer gedacht hatte: »Wären die Freunde doch nicht gekommen!« Was wohl Muhme Lenelies dazu sagen würde? Und was dazu, daß er so schlecht auf seine Freunde aufgepaßt hatte? Vielleicht – – – – hatte sie ihn dann auch nicht mehr lieb?

»Gagagagag, gagagei,« schrie es auf einmal neben ihm. Ein kleines, schwarzes Huhn stand da und schaute mit schief geneigtem Kopf zu ihm hin.

»Das ist der kleine Teufel, den Heine Peterle mitgebracht hat,« dachte er und griff unwillkürlich nach dem Huhn. Das kreischte und schlug mit den Flügeln um sich; aber Friede hatte gar geschwind zugepackt, und das Teufelchen konnte nicht mehr ausreißen.

»Es ist aus Oberheudorf.« Weiter überlegte Friede nichts; wie ein Stück Heimat erschien ihm das schwarze Tierchen. Und sachte, liebevoll streichelte er es. »Du bleibst bei mir,« tröstete er. Gewiß hatte Fräulein Wunderlich den Teufel auch hinausgeworfen wie ihn selbst. Er trug das Huhn zu dem Gärtner, der auch ein paar Hühner hatte und den schwarzen Gast aus Oberheudorf bereitwillig aufnahm.

Friede Hopserling war unterdessen sehr eilig, immer brummend und knurrend durch die Stadt gefahren und hatte endlich die Landstraße erreicht. »Nun paßt ordentlich auf, ihr drei,« gebot er, »irgendwo im Weggraben werden sie schon sitzen.«

Heine Peterle und die Mädel hatten das Weinen aufgegeben. Alle drei hielten so eifrig Umschau, daß erst Annchen Amsee einen Meilenstein für Fritz und dann Heine Peterle einen Baumstumpf für Schulzens Jakob hielt. Aber sie erreichten Wiesental, ohne eine Spur der Vermißten zu finden, und Friede Hopserling schaute immer sorgenvoller drein, obgleich er tat, als wären ihm die Buben höchst gleichgültig. In Wiesental mußte er erst dreimal fragen, ehe jemand ihm Auskunft geben konnte. Eine alte Frau endlich sagte, sie habe die beiden gesehen und ihnen die Straße nach dem nächsten Dorf gezeigt.

Es dämmerte schon, als der Wagen wieder zu dem Dorf hinausrollte. Ein feines Grau verhüllte die Ferne, und in dem Wald, an dessen Rand jetzt die Landstraße hinlief, herrschte bereits ein geheimnisvolles Dunkel. »Nun wird's gar schon dunkel,« grollte der Knecht. »Am Ende sind gar die verflixten Buben durch den Wald gelaufen; na denen will ich's heimzahlen.« Er ließ wütend die Peitsche durch die Luft sausen, und zu seinem großen Erstaunen schrie die Luft laut auf. »So was,« rief Friede Hopserling verdutzt, »der Schrei kam doch von oben!«

»Da hängen ein paar Beine,« quiekte Annchen Amsee und deutete auf eine hohe, noch kahle Kastanie, die hier einsam unter Kirschbäumen an der Landstraße stand. »Das sind Fritzens Beine!«

»Sie sind's, sie sind's!« riefen jauchzend Heine Peterle und Mariandel. Wirklich tauchte Schulzens Jakob aus dem

Straßengraben auf, Schnipfelbauers Fritz aber zappelte noch in den Ästen der Kastanie hin und her. Endlich kam er mit zerrissenen Hosen unten an.

»Nicht hauen,« flehten Annchen und Mariandel und hielten Friede Hopserling beide Arme fest, »nicht hauen, bitte nicht!«

Der Knecht sah aber auch wirklich sehr grimmig aus, und Fritz und Jakob rutschten vor Angst wieder in den Straßengraben hinein. Von dort aus erzählten sie klagend ihre Erlebnisse.

»So, Schaden habt ihr angerichtet?« rief Friede, aber er sah lange nicht mehr so böse aus. Die beiden taten ihm schon leid; er dachte, sie hätten mit ihrer ausgestandenen Angst Strafe genug gehabt. »Steigt nun mal ein,« brummte er, »hoffentlich habt ihr nicht zu viel zerbrochen, denn was kaput ist, müßt ihr bezahlen, das hilft nun nichts.«

»Dann hätten wir ja gar nicht erst – – huhu – – auszureißen brauchen,« schluchzte Jakob.

»Nä, war auch gar nicht nötig. Ausreißen nutzt nie nischt. 'n ehrlicher Mann zahlt den Schaden, den er macht, damit basta. Jetzt hört mit der Heulerei auf, 's wird schon nicht so schlimm sein. Bei uns ist mal ein Mann vom Speicher gefallen, da dachten alle, er wäre tot, und dabei war er gar nicht runtergefallen, sondern 'n Mehlsack.« Mit dieser tröstlichen Erzählung beruhigte Friede die beiden Schelme wenigstens so weit, daß sie das Heulen aufgaben und nach ihren Eßbündeln griffen. Die Kinder schmausten, aßen sich plumssatt, schwatzten eine Weile, schilderten sich ihre ausgestandene Angst, schalten weidlich auf Herrn Schulz, der ihrer Meinung nach an allem schuld war, und dann schliefen sie ein. Sie lagen alle fünf im Wagen und schliefen so fest und süß wie daheim in ihren Betten, und Friede Hopserling brummte schmunzelnd: »Na, 's ist gerade, als hätte ich wieder Mehlsäcke geladen.« Er lud dann jeden kleinen lebendigen Mehlsack vor dem rechten Hause ab, und nur Annchen Amsee wurde so weit munter, um ein »Danke schön« sagen zu können. Wer dachte, er bekäme noch etwas von der Stadtfahrt erzählt, der irrte sich gewaltig, kein Wörtlein sagten die fünf Kinder an diesem Abend mehr. Doch die Erwachsenen trösteten sich und meinten: »Morgen werden sie schon schwatzen, mehr als man vertragen kann.«

Verkehrte Gedanken.

An dem Tage nach der Stadtfahrt der fünf Oberheudorfer Kinder dachten in Feldburg und Oberheudorf allerlei Leute allerlei Sachen, die nicht eintrafen. Wie es so geht, Schulzens Jakob und Schnipfelbauers Fritz dachten, es würde niemand etwas merken von dem, was sie in der Stadt angerichtet hatten, und dabei sagte jede Mutter gleich am frühen Morgen zu ihrem Buben: »Sag mal, was hast du nur getan? Du hast ja ein so schlechtes Gewissen.«

Was Mütter auch immer alles sehen und wissen! Den beiden blieb nichts anderes übrig, als ihre Untat zu bekennen. Die Mütter schalten zwar nicht sehr, aber beide sagten: »Bezahlt muß werden, das hilft nichts, und wenn die Sparbüchse ganz leer wird.« Dies klang den Buben gar bitter in den Ohren. Nachher in der Schule vergaßen sie zwar ihren Jammer rasch, denn es war zu schön, von der Stadt zu erzählen. Ordentlich protzig kamen die fünf an und sagten: »Wir haben aber viel gesehen!« Und als die andern schrieen: »Erzählt, erzählt! Wie war's?« da sahen die Buben die Mädel an und die Mädel die Buben, sie nickten und blinkerten sich zu und taten so wichtig und geheimnisvoll, daß die andern vor Neugier fast platzten. Zu schön war dies, so schön, daß Heine Peterle und Annchen Amsee dachten: »Heute wird der Herr Lehrer über ein bißchen Plappern in der Stunde nicht schelten.« Oh, das war aber falsch gedacht! Er schalt sogar sehr, und Annchen Amsee bekam wirklich eine Strafarbeit und Heine Peterle beinahe eine.

Die andern Kinder sagten an diesem Tage: »Vielleicht gibt es bald schulfrei, vielleicht schon morgen;« aber sie merkten es dann auch, wie falsch sie gedacht hatten. Kein Wunder war es, denn selbst die Erwachsenen dachten an diesem Tage immer etwas Verkehrtes. So dachte die Hausfrau in der himmelblauen Ente: »Heute wird mein Kuchen aber gut geraten,« und dann verbrannte der Kuchen und wurde pechschwarz. Und Schnipfelbauers Kathrine sagte: »Frau, ich denke, heute kriechen unsere ersten Hühnchen aus.« Aber denen fiel das gar nicht ein, sie blieben noch zwei Tage in ihren Eierschalen sitzen.

Auch Muhme Lenelies dachte etwas, das nicht in Erfüllung ging. Sie meinte, die Kinder würden ihr viele schöne Dinge von ihrem Friede erzählen. Was die fünf aber berichteten, klang der alten Frau so seltsam, daß ihr das Herz darüber schwer wurde. Und weil es mit dem Abschied in der Stadt so flink gegangen war, konnten ihr die Stadtfahrer nicht einmal Grüße ausrichten. »Nä, Grüße hat Friede nicht gesagt,« versicherte Heine Peterle, und Annchen Amsee wußte auch nichts von Grüßen. »Er hat gesagt, er käme am liebsten wieder nach Oberheudorf,« flüsterte Mariandel.

Dies Wort vermehrte nur noch die Sorgen der guten Muhme, und sie seufzte tief darüber, weil der Weg in die Stadt gar so weit und das Gehen ihr jetzt so beschwerlich fiel. Wie mochte es nur ihrem Friede gehen? Stimmte das wirklich alles so, wie es die Kinder erzählten, daß ihn das Fräulein Wunderlich aus dem Hause geworfen hatte und die Schulkameraden ihn nicht leiden konnten? Die Gedanken der guten Muhme liefen so geschwind nach Feldburg wie keine Buben- oder Mädelbeine jemals laufen können, und in Feldburg liefen diese Gedanken immer um Friede herum; der merkte aber nichts davon. Er ging wie alle Tage um die Kirche herum ins Gymnasium und war dort froh, als endlich die Stunden begannen, denn laut und leise rief es hinter ihm und neben ihm: »Friede Pfennig, wie geht's den Oberheudorfern?« »Friede Pfennig, fährst du auch auf dem

Mehlwagen spazieren?« »Hör du mal, in Oberheudorf sind die Leute wohl neunmalklug?«

»Na wartet nur,« dachte Friede trotzig, »ich will's euch schon zeigen, daß die Oberheudorfer nicht auf den Kopf gefallen sind.« Er konnte das auch gleich an diesem Morgen zeigen. Der Lehrer fragte ihn in der Geschichtsstunde allerlei, und Friede konnte klug und sicher Antwort geben, ja er wußte noch mehr zu sagen als der Klassenerste.

»Ei, du weißt ja sehr gut Bescheid,« sagte Doktor Schneider freundlich.

Weil der sonst nicht viel lobte, machte dies Lob auch großen Eindruck, und die Klassengenossen schauten den Oberheudorfer Buben auf einmal ordentlich verwundert an. So viel wußte der? Manch einer wünschte sich da heimlich: »Ach, wäre ich doch so klug!« und darüber wagte er es dann nicht, den Oberheudorfer Buben zu verhöhnen.

Trotzdem lief Friede nachher wieder allein aus der Schule nach dem Spiegelhaus, wieder um die Kirche herum. Er ahnte nicht, daß Fräulein Wunderlich am Fenster saß und dachte: »Heute wird der Friede wohl zu mir hereinkommen, weil ich gestern so nett zu seinen Freunden war.«

Damit hatte sie aber auch etwas Verkehrtes gedacht, denn Friede kam der Besuch gar nicht in den Sinn, und Fräulein Wunderlich verlor darüber wieder ihre gute Laune, wurde brummig und verdrießlich und schalt im Hause herum. Sie gehörte eben auch zu den Menschen die meinen, eine einzige Freundlichkeit muß gleich Liebe erwecken.

An diesem Nachmittag sagte Frau Emma, die Hausbesorgerin: »Geh, Friede, besorg' mir einmal etwas in der Stadt, du tätest mir damit einen großen Gefallen.«

Sie brauchte wirklich nicht lange zu bitten, Friede war gleich bereit, und die Frau dachte: »Er ist doch ein gefälliger, lieber Junge.« Damit hatte sie nun wirklich etwas Rechtes und nichts Verkehrtes gedacht. Friede tat gern jemand einen Gefallen, und er lief auch gar eilig in die beiden Geschäfte, in denen er allerlei bestellen sollte. Der zweite Laden war jener, in dem er am Tage vorher mit seinen Gefährten zuerst gewesen war, und etwas bänglich betrat er das Geschäft. Die Verkäuferin erkannte ihn auch gleich wieder und rief ärgerlich: »Na, du hast aber ungezogene Freunde! Was waren denn das für abscheuliche Bengel, die hier so gepfiffen haben?«

»Gepfiffen?« Friede sah die Verkäuferin sehr erstaunt an, und diese merkte schnell, der Bube ahnte nichts. Ihr Gesicht hellte sich etwas auf, und sie erzählte den Streich, den Jakob und Fritz ihr gespielt hatten. Während sie erzählte, konnte Friede sich nicht helfen, er mußte ein wenig lachen, und dabei kam die Geschichte auch dem Fräulein auf einmal mehr lächerlich als ernsthaft vor, und zuletzt lachten sie beide ganz fröhlich und herzlich. Als Friede ihr sagte, seine Gefährten seien ausgerissen, gewiß vor Angst, rief sie sogar mitleidig: »Schreib es ihnen doch, es wäre nichts kaput gegangen, es sind nur ein paar Nickelbretter umgefallen, das hat freilich schrecklich gepoltert und geklirrt.«

In guter Freundschaft trennte sich Friede, nachdem er seine Botschaft ausgerichtet hatte, von dem Fräulein, und als er wieder auf der Straße stand und ihm die Frühlingsluft so mild um die Nase wehte, bekam er Lust, spazieren zu gehen. Er hatte Zeit, und im Spiegelhaus schalt niemand, wenn er später heimkam. Der Professor ermahnte ihn ja selbst manchmal: »Lauf hinaus, sieh dich in der Stadt um! Man muß mit offenen Augen durch die Welt gehen!«

Das tat Friede auch an diesem Tage. Er lief durch allerlei Straßen, die er noch nicht kannte, und schaute sich ganz ernsthaft die Häuser an und auch die Menschen, die an ihm vorübergingen. Dabei empfand er wieder so recht, wie einsam er doch in der Stadt war. In Oberheudorf hatte er jeden gekannt, dem er auf der Straße begegnet war. Unwillkürlich schlug er in seinen sehnsüchtigen Gedanken den Weg ein, der nach Oberheudorf führen sollte. Dabei kam er auch an einer langen, grauen Gartenmauer vorbei, und wie er so dahinging, fühlte er auf einmal einen Ruck an seiner Mütze, und zu seinem maßlosen Erstaunen sah er diese durch die Luft entschwinden.

»Meine Mütze,« schrie er erschrocken, und in diesem Augenblick tauchte ein sehr verlegenes Gesichtchen über der Mauer auf. Das Füchslein war es, das rief bittend: »Ach du, ich dachte mein Bruder wär's, nun habe ich deine Mütze geangelt.«

»Geangelt?« Friede riß seine Augen weit auf, und er sah so erstaunt drein, daß Marianne Sonntag kichernd sagte: »Aber jetzt machst du ein dummes Gesicht, und Ulli meint doch, du seist klug!«

Friede wurde blutrot und brummte ein wenig beschämt: »Das ist doch aber auch komisch, Mützen zu angeln.«

Das Füchslein war jetzt ganz auf die Mauer geklettert, saß behaglich oben und schaute sehr vergnügt auf den Buben herab. »Ich will dir's erklären. Jobst und Ulli angeln manchmal Fische, – nein, so nicht – sie wollen welche angeln und fangen keine, bloß mal einen, und der war vorher schon tot. Aber weißt du, Buben sind immer eingebildet« – –

»Das stimmt nicht,« rief Friede dazwischen. Doch das Füchslein ließ sich nicht stören, es rutschte auf der Mauer hin und her, seine rotbraunen Zöpfe wippten wie ein Paar Uhrenpendel auf und ab, und lustig schwatzte es weiter: »Buben sind immer eingebildet, und darum wollten sie mich nicht mitnehmen. Wir haben uns miteinander gestritten, und ich habe gesagt, ich kann was Besseres angeln als tote Fische, und darum sitze ich hier.«

»Und angelst meine Mütze?« Friede lachte. Das lustige Mädel auf der Gartenmauer gefiel ihm so gut, daß er alle Befangenheit verlor. Dies gefiel nun wieder Marianne ausnehmend, und sie rief: »Deine sollte es ja nicht sein. Aber komm doch rein, wir angeln dann beide Jobst und Ullis Mützen. Komm fix, sonst sehen sie dich!«

Friede überlegte nicht lange, sondern trat durch die Türe, die Marianne ihm zeigte, in den Garten. Der war weder sehr groß, noch besonders schön angelegt, es war ein richtiger Obst- und Krautgarten, einer, in dem es sich gewiß wundervoll spielen ließ. Ein umgestülpter Schubkarren diente dem Füchslein als Standort. Sie konnte von ihrem

Platz aus bequem die Straße überschauen, und Friede mußte sich neben sie stellen und aufpassen. »Du kennst doch Ulli und Jobst,« sagte sie, »sie gehen mit dir in eine Klasse. Sag mal, warum bist du am ersten Tage gleich so grob zu Ulli gewesen? Er ist ganz wütend auf dich.«

»Ich bin gar nicht grob,« verteidigte sich Friede, und er erzählte dem Füchslein, wie sehr seine Mitschüler ihn vom ersten Tage an geneckt hätten, und daß ihn in seiner Klasse niemand leiden möchte.

Das Füchslein wieder verteidigte den Bruder und Freund. Eifrig rief es: »Wir haben uns auf dich gefreut, weil Onkel Treumann schon von dir erzählt hat, und weil unsere Katerlies sagt, in Oberheudorf passieren so viele Geschichten. Aber warte, jetzt stifte ich Frieden zwischen euch. Erst angeln wir Ulli und Jobsts Mützen weg, und nachher werdet ihr gute Freunde.«

Im Eifer hatten sie aber vergessen, auf die Straße zu schauen, und so traten plötzlich die zwei Buben, von denen sie eben gesprochen hatten, in den Garten.

»O pfui, ihr kommt so heimlich,« schalt Marianne schmollend.

Die beiden achteten nicht auf sie. Erstaunt blickten sie auf den Gast, und Jobst rief in seiner herrischen Art: »Was tust du denn hier?« Er meinte es nicht so schlimm, es kam bei ihm aber alles etwas patzig und abweisend heraus, und wer ihn nicht kannte, hielt ihn wohl für einen recht eingebildeten Buben.

Ulli knurrte nur »Na« und maß den unwillkommenen Gast mit einem unfreundlichen Blick. Friede wurde feuerrot. Er fühlte, die Buben sahen ihn als einen Eindringling an in ihrem Garten. Vor Scham und Ärger vergaß er das freundliche Füchslein, und daß dies Frieden hatte stiften wollen; schwipp, schwapp, drehte er sich trotzig um und lief zum Garten hinaus.

»Friede,« schrie Marianne ihm nach, und dann schalt sie ärgerlich auf den Bruder und Freund: »Pfui, warum seid ihr denn so abscheulich zu Friede? Gerade war er so nett und wollte mit eure Mützen angeln.«

»Was?« rief Jobst erstaunt, »was wollte er tun?«

»Den geht meine Mütze gar nichts an,« brummte Ulli.

Mit ein paar guten Worten hätte Füchslein nun schnell alles erklären können, und sie hätte auch die Buben dazu gebracht, den Schulgenossen wieder zurückzuholen, doch sie war wie eine kleine Rakete. Puff, puff, ging es bei ihr gleich immer oben hinaus. Hinterher tat es ihr freilich bitter leid, aber dann wurde manchmal nicht so rasch glatt und gut, was ihr Ungestüm verfahren hatte. So ging es auch heute. Marianne schalt ein paar Minuten heftig auf die Buben ein, und die gaben ihr die unguten Worte reichlich zurück, Jobst laut und heftig, Ulli mit Brummen und Knurren. Es schallte gar nicht lieblich durch den Garten, bis sie auf einmal vor Wut und Ärger alle drei davonrannten, eines hierhin, das andere dahin. Im Winkel eines Gartenhauses heulte sich dann Marianne zurecht, wie die Mutter es nannte. Als sie das getan, lief sie in den Garten zurück und suchte versöhnungsbereit Jobst und Ulli, aber die waren weg und blieben weg. Da ging die Kleine mit kummerbeschwertem Herzelein zur Mutter, die an ihrem Nähtisch saß, erzählte der die ganze Geschichte und klagte sich dann selbst an: »Und ich dachte, nun würde alles gut werden.«

»Ja, mein Mädel, man denkt eben manchmal verkehrt herum,« sagte die Mutter, »und das Friedenstiften will sacht und leise angefaßt werden. Wenn du so wild und ungestüm auf deiner Geige spielen wolltest, kämen auch keine lieblichen Töne heraus, und mit Menschenherzen muß man ebenso zart umgehen.«

Marianne Sonntag nahm erst den rechten, dann den

linken Zopf in den Mund, dann seufzte sie, und nach diesen Vorbereitungen sagte sie betrübt: »Ich will auf der Geige üben.«

»Tu es,« riet die Mutter und nickte ihrem Mädel zu. Sie lauschte dann dem Spiel der Kleinen, das klang erst gar nicht melodisch, aber nach und nach wurde es reiner, zarter. Dann klappte eine Tür, das Spiel brach jäh ab, nun flüsterten und tuschelten im Nebenzimmer zwei Stimmen, und plötzlich riß das Füchslein die Türe auf und rief: »Mutterle, wir vertragen uns wieder, und Ulli will auch nett zum Friede sein.«

Frau Sonntag hörte den guten Vorsatz, hörte ihre Kinder von Versöhnung reden, und sie freute sich darüber. Aber Friede wußte nichts davon. Traurig lief der durch allerlei Straßen, und wie er so ziel- und zwecklos dahin rannte, kam es ihm auf einmal in den Sinn: »Es wäre am besten, ich liefe nach Oberheudorf zurück.«

Er blieb unwillkürlich stehen. Der Gedanke an die Heimat erfaßte ihn mit solcher Gewalt, daß ihm die Tränen in die Augen traten. Ganz deutlich sah er das Haus von Muhme Lenelies, die Muhme selbst, die Dorfstraße, seine Gefährten, alles vor sich, und da fing er auch schon an zu laufen. Ich muß heim, gleich, dachte er, ich muß die Muhme sehen, ihr alles sagen, ich will wieder dort bleiben. Er kannte den Weg schon besser als Schulzens Jakob und Schnipfelbauers Fritz. Dort um jene Ecke mußte er gehen; nun kam die Straße, an deren Ende er schon grüne Saaten schimmern sah; da war er im Freien, war auf dem rechten Weg zur Heimat.

Aber allzu weit kam er nicht. Ein Wäglein kam angerollt. Er sah es erst, als es dicht vor ihm war; da sprang er zur Seite. In dem Wagen saß ein einzelner Herr, der sich scheltend herausbeugte: »Na, was ist denn das für eine Sitte, so toll auf der Straße herumzulaufen!«

Friede stutzte und blieb erschrocken stehen. Den Herrn

kannte er, das war ja Doktor Treumann, zu dem er einst an einem stürmischen Wintertag gerannt war, um eine Medizin für Muhme Lenelies zu holen. Auch der Arzt hatte den Buben erkannt. »He, du,« rief er, »bist du nicht der Friede aus Oberheudorf, nach dem mich meiner Schwester Kinder schon halb entzweigefragt haben? Komm einmal her, wir zwei kennen uns doch, du bist ja mein kleiner Held.«

Friede trat verlegen an den Wagen heran, und der Arzt prüfte mit klugen, ernsten Augen sein Gesicht. Holla, da stimmt etwas nicht. Er merkte es gleich und fragte laut: »Läufst wohl spazieren, was?«

Der Bube nickte nur befangen, er stand mit gesenktem Kopf da und wagte es gar nicht aufzuschauen. Einen kleinen Helden hatte ihn Doktor Treumann eben genannt, das war er doch nicht, er, der eben hatte feige ausreißen wollen.

»Na, sieh mich doch mal an, mein Junge!« sagte da der Arzt gemütlich. »Straßenstaub und Steine kannst du ja noch oft sehen, aber mich hast du doch noch nicht gesehen, solange du in der Stadt bist. War übrigens verreist, sonst hätte ich mich schon um dich gekümmert. Na, Kopf hoch! Ein tapferer Junge sieht jedem frei ins Gesicht.«

Friede schlug rasch die Augen zu dem Arzte auf. Er fühlte, der durchschaute ihn, ahnte, daß er nicht auf rechten Wegen ging. Stirn und Backen brannten ihm, er atmete tief, aber fest sagte er dann: »Ich wollte ausreißen, nach Oberheudorf zurück.«

»So, so!« Doktor Treumann war gar nicht überrascht, seine Augen blitzten, und seine Stimme klang scharf: »Bist du jetzt so einer geworden, der gleich das Hasenpanier ergreift? Hm, meinst wohl, die Muhme wird sich arg über dein Heimkommen freuen?«

Darauf gab Friede keine Antwort. Er schämte sich plötzlich unsäglich der eigenen Feigheit, und hastig drehte

105

er sich um, lüftete höflich seine Mütze und begann wieder nach der Stadt zurückzulaufen.

Da rief ihm der Doktor nach: »Stadtwärts kannst du mitfahren. Komm, steig ein!«

Der Junge blieb zögernd stehen, er war unschlüssig, was er tun sollte. Mit dem Arzt zu fahren erschien ihm in diesem Augenblick gar nicht so vergnüglich, aber der streckte ihm jetzt die Hand entgegen und sagte in dem alten freundlichen Tone: »Du hast mir ja noch gar nicht die Hand gegeben, du Friede aus Oberheudorf. Komm, steig ein, wir erzählen uns was miteinander!«

Friede kletterte in das Wäglein und mußte sich neben den Arzt setzen, der so gemütlich zu plaudern begann, als wäre der kleine, blonde Dorfbube ihm ein herzlicher Freund. Und Friede taute auch bald auf und erzählte nun wieder treuherzig von seinen Kümmernissen. Nur seine letzte bittere Erfahrung verschwieg er. Doktor Treumann war ja Mariannes und Ulrichs Oheim, da wollte er nicht anklagen. »Ich hab' es mir ganz anders auf der Stadtschule gedacht,« schloß Friede seufzend seinen Bericht.

»Ja, ja, mein Junge, man denkt sich manchmal manches anders in der Welt,« tröstete der Arzt. »Ich dachte vorhin auch: Holla, der Friede aus Oberheudorf ist ja ein Feigling geworden! und dann habe ich gemerkt, daß ich falsch gedacht habe und du doch ein tapferer kleiner Kerl bist, und so einer kommt schon durch. So, und nun steig aus, da geht's zum Johannesplan hinauf. Grüße mir meinen alten Freund, den Professor, und dann, immer tapfer den Kopf oben behalten!«

Friede kletterte aus dem Wagen, grüßte und dankte. Jetzt brannte ihm wieder das Gesicht, aber diesmal vor Freude. Er nahm das gute Wort des Arztes mit in das stille Spiegelhaus, und an diesem Abend schrieb er den ersten Brief an Muhme Lenelies. Alles erzählte er darin, er schrieb aber auch, daß er tapfer sein und aushalten wolle. Und dieser Brief fiel nicht auf die Dorfstraße, er wurde auch nicht im Backofen verbrannt. Muhme Lenelies hob ihn gar sorgsam auf und las ihn so oft, bis sie ihn besser auswendig konnte als die Kinder in der Schule ihre Verse und Sprüche.

Schulzens Jakob und Schnipfelbauers Fritz hatten aber auch ihre unbändige Freude über den Brief, stand doch darin, daß sie nichts zerbrochen hatten. Seit sie das wußten, redeten sie noch kecker und hochmütiger von der Stadt und trillerten immerzu laut auf ihren Pfeifen, und alle Leute im Dorf sagten: »Wenn die Pfeifen nur erst kaput wären!« – –

Das Abenteuer im Schloß.

In Feldburg gab es wie in vielen andern altertümlichen
Kleinstädten auch ein Schloß. Es lag, wie es sich für ein
richtiges Schloß schickt, etwas höher als die andern Häuser
der Stadt und war auch von einem wirklichen Fürsten und
einer wirklichen Fürstin bewohnt. Meist war zwar der Fürst
von Salheim nicht in Feldburg, er hatte noch andere
Schlösser, und da er ein Fürst ohne Land war und in
Feldburg nichts zu regieren hatte, kam er immer nur etliche
Wochen im Jahr dorthin. Er kam aber gern, und die
Feldburger freuten sich auch über sein Kommen, und über
das Schloß freuten sie sich auch; es sah so stattlich aus, und
die Fremden, die in das Städtchen kamen, sagten immer
entzückt: »Nein, ist das aber malerisch!«

In Oberheudorf hatten die Kinder schon früher manchmal
von dem Feldburger Schloß gehört; seit Traumfriede aber in

der Stadt war, sprachen sie sehr viel davon. Das Schloß zu sehen lockte sie sehr. Muhme Lenelies sagte zwar oft: »Ach was, Schloß hin, Schloß her, meine Märchenschlösser sind schöner.«

Doch die Kinder glaubten ihr das nicht recht und gaben wohl zur Antwort: »Du sagst aber nicht, wo die liegen.« Auch der Lehrer in der Schule hatte von dem Schloß erzählt, das in der Geschichte des Herzogtums, zu dem Feldburg und Oberheudorf gehörten, eine ziemliche Rolle gespielt hatte. Ein deutscher Kaiser hatte einmal dort gewohnt, und allerlei dunkle Sagen umspielten das alte, graue Schloß.

»Warum hat uns Friede das Schloß nur nicht gezeigt? Zu dumm von ihm!« murrten die fünf ersten Stadtfahrer oft. Ihnen und den andern Kindern war es daher eine wundervolle Überraschung, als der Herr Lehrer eines Tages sagte: »Wir wollen einen Spaziergang machen, ratet wohin?«

»Nach Dachhausen,« schrieen die einen; die andern rieten: »Nach dem Kuhberger Walde.« Wo anders hin war es nämlich noch nie gegangen.

»Falsch geraten! Nach Feldburg, das Schloß ansehen.«

Ein unglaublicher Jubel erhob sich. Selbst der Lehrer erschrak, dies war ja noch ärger, als er gedacht hatte, und streng gebot er Ruhe. Da wurde es auch still im Schulzimmer, aber draußen auf der Dorfstraße ging der Lärm nachher wieder los. Die Buben und Mädel schwatzten so laut und eifrig miteinander, daß an diesem Tage sogar die Gänse, die Hauptspektakelmacher im Dorfe, eifersüchtig wurden. Eine dicke Gans schnatterte der andern zu: »Gräßlich das, man versteht ja sein eigenes Geschnatter nicht bei diesem Kindergeschrei!«

In heller Aufregung liefen die Kinder heim. »Wir gehn aufs Schloß,« schrie Heine Peterle schon zum Fenster hinein, damit es nur ja gleich alle wußten. Die erwartete Überraschung blieb leider aus, denn nur Muhme Rese saß in der Stube, und die dachte, es wäre wieder einer von des Buben Späßen. Sie brummelte nur: »Warum willste nich gleich zum Kaiser?«

Heine Peterle war entrüstet. Aufgeregt erzählte er nun ausführlich, was der Lehrer gesagt hatte. Da ließ die Muhme ihren Strickstrumpf sinken, sah den Buben nachdenklich an und sagte zuletzt: »Geh nur ja nich mit, Heine Peterle, nä, nä, tu das nich, dir passiert was, du paßt nich in en Schloß.«

Trotz dieser düstern Warnung dachte Heine Peterle gar nicht daran, daheim zu bleiben. Er gehörte ja schon zu den Großen, die mit durften, zu den »Gernegroßen«, sagte der Vater.

Die Regenwolken, die über Oberheudorf hingen, taten den Kindern den Gefallen, am Tage vorher eiligst auszureißen, und am Morgen des Festtages war der Himmel so blank geputzt, als hätten ihn die Oberheudorfer Mädel mit Sand und Seife abgescheuert.

Hatten die Kinder vor diesem Tage gefragt: »Wie kommen wir nach der Stadt?« dann hatten die Erwachsenen erwidert: »Auf Schusters Rappen, wie sonst; meint ihr, für euch würden Kutschen angespannt?«

Und dann standen zur Überraschung der Buben und Mädel am Morgen doch zwei große Leiterwagen auf dem Dorfplatz, und Friede Hopserling schmückte die Pferde gerade noch mit frischen Maiensträußen, als die Kinder angelaufen kamen. »Hurra, wir dürfen fahren,« schrieen alle.

»Nä, wer hat das gesagt?« brummte Friede Hopserling, und der Schulzenknecht, der den andern Wagen führte, rief: »Wer mitfahren will, muß 'nen Taler zahlen, billiger tu' ich's nicht.«

Aber die Kinder kletterten schon auf die Wagen hinauf, sie wußten genau, woran sie waren. Und dann kam der Herr Lehrer und setzte sich auch in den einen Wagen, und los ging die Fahrt. Die Dorfbewohner standen auf der Straße oder schauen zu den Fenstern heraus, sie winkten und nickten, und die Kinder taten, als ginge die Reise mindestens nach Amerika. Heine Peterle blies auf seiner rosenroten Flöte, Schulzens Jakob und Schnipfelbauers Fritz auf ihren Trillerpfeifen, die andern wieder sangen, und Friede Hopserling knurrte: »Die Pferde werden noch scheu werden.«

An einem sonnenhellen Frühlingstag auf einem Leiterwagen durch den Wald zu fahren, ist höchst vergnüglich, und die Oberheudorfer Buben und Mädel waren auch so lustig, wie man nur sein kann. In Wiesental, dem letzten Dorf vor Feldburg, wurde ausgestiegen. Von da aus ging es zu Fuß nach der Stadt. »Gleich zum Schloß hinauf,« gab der Lehrer den Ungeduldigen zur Antwort.

O dieser Zug durch die Stadt! Diejenigen, die schon dagewesen waren, blähten sich wie die Fröschlein auf und sagten wichtig, wenn sich die Gefährten über dies oder das wunderten: »Das ist so in der Stadt.«

»Da ist Herrn Schulz sein Ramschladen,« schrie Schulzens Jakob, und sämtliche Kinder blieben vor dem Laden stehen, preßten die Nasen an die Fensterscheibe und hatten nicht übel Lust, Herrn Schulz zu besuchen. Doch da rief Heine Peterle: »Nu kommt wieder der Wagen ohne Pferde.«

»Brrr bums,« blieb das Automobil stehen, und der Führer schalt zornig: »Ja, was soll denn das, Kinder? Runter von der Straße! Ich glaube gar, das sind wieder die dummen Buben von neulich!«

Der Lehrer hatte seine Not, ehe er es seinen Buben und Mädeln begreiflich machen konnte, daß sie immer nur auf dem schmalen gepflasterten Bürgersteig zu gehen hätten.

»Du, Mariele,« rief da Annchen Amsee, »sieh mal, hier wohnt 'n Bäcker.«

Es war die größte Bäckerei der Stadt, vor der die Kinder gerade angelangt waren: ein stattlicher Laden mit breitem Schaufenster, in dem Torten, Kuchen, Körbchen mit allerlei feinen Weißbrötchen aufgebaut waren; dahinter wieder standen lange, dunkelbraune Brote, ernsthaft wie Schildwachen.

Mariele sah mit großen Augen drein; fast andächtig, ehrfurchtsvoll musterte sie den Laden. Das sollte eine Bäckerei sein, wie ihr Vater sie hatte? Dem kleinen Mädel kam hier plötzlich die Erkenntnis, wie klein doch das Heimatdorf war gegen Feldburg, und hatte der Lehrer nicht gesagt, Feldburg wäre eine kleine Stadt? So gab es noch größere Städte mit noch viel, viel größeren Bäckereien? Mariele seufzte so tief und schwer, daß es der Lehrer hörte. Er wandte sich um und fragte: »Was hast du denn, Mädel?«

»'s ist nich hübsch in der Stadt,« klagte Mariele angstvoll und starrte den Bäckerladen an, der ihr in seiner Größe und Pracht fast unheimlich war.

Der Oberheudorfer Lehrer kannte die Kinder gut und verstand des Marieles Schrecken. Er nahm die Kleine an der Hand, und während sie alle miteinander den Schloßberg hinaufpilgerten, zeigte er ihr allerlei, ein hübsches Haus, einen Garten, in dem allerlei Blumen blühten, er zeigte ihr, wie ein paar kleine Mädel ihre Puppen in der Sonne spazierenführten, und allmählich verlor Mariele die Angst vor der Stadt. Häuser, Bäume, Blumen, Menschen, die gab es auch in Oberheudorf, na, und wenn der Vater auch keinen großen, feinen Laden hatte, ein Bäcker war er doch, und der Herr Lehrer sagte: »Auf den großen Laden kommt es nicht an, nur darauf, ob das Brot gut ist, das einer bäckt, und das Brot deines Vaters schmeckt so gut, daß viele Stadtleute es sich kommen lassen, weil sie es besonders gern essen.«

Da wurde Mariele sehr stolz auf ihren Vater, und Feldburg mit all seinen Häusern und Läden kam ihr gar nicht mehr unheimlich vor, ja am Schloßtor schaute sie sich ganz kühn um und tuschelte Annchen Amsee zu: »Am Ende essen sie drinnen gar auch Brot vom – Vater.«

Ein paar Buben und Mädel hatten sich den ganzen Weg über nach dem Friede Heller umgeschaut. Warum der wohl nicht zu sehen war?

»Er weiß nicht, daß wir da sind,« sagten einige.

»Vielleicht hat er noch Schule,« meinte Heine Peterle nachdenklich, der dachte, in der Stadt könnte schon mal von früh bis abends Schule sein.

Als sie aber alle ans Schloßtor kamen, stand dort ein Bube und schwenkte jauchzend seine grüne Mütze: Friede war es. Er stürmte ihnen entgegen und hätte sie in der Freude seines Herzens am liebsten umarmt, den Herrn Lehrer voran. Ehe er aber noch alle recht begrüßt hatte, schrie Anton Friedlich, dessen Augen neugierig rundum gingen: »Uh je, da steht der Fürst mit 'nem großen Stock!«

»Er kommt her, er kommt her,« quiekten etliche Mädel und knicksten erschrocken bis zur Erde. Fein angetan in dunkelrotem, goldgesticktem Rock, einen Dreispitz auf dem Kopf, kam der Türhüter heran. Er wußte von dem Kommen der Oberheudorfer; der Lehrer hatte angefragt, ob er mit seinen Schulkindern an diesem Tage das Schloß besichtigen dürfe. Mit gnädigem Lächeln sah der Türhüter die Kinder an. Daß sie ihn für den Fürsten hielten, freute ihn, und er erlaubte es huldvoll, daß die Buben und Mädel ihn von allen Seiten betrachteten und um ihn herumliefen wie um einen Weihnachtsbaum. Sie hörten erst mit Bewundern und Besehen auf, als der Diener kam, der sie im Schloß herumführen sollte. »Hört nun schon auf,« mahnte der, »wenn ihr drinnen alles so genau besehen wollt wie unsern

Türhüter, dann werdet ihr bis morgen früh nicht fertig. Kommt jetzt, drinnen gibt es Schöneres zu sehen.«

»Grobian,« brummte der Türhüter, der sich sehr gern bewundern ließ, aber dann sagte er auch: »Geht nur hinein!«

Es gab wirklich sehr viel in dem Schloß zu sehen: geschnitzte, vergoldete, mit Seide und Samt überzogene Sessel, Stühle, Sofas, Tische mit eingelegten, kunstvoll verzierten Platten, schimmernde Spiegel, Bilder, Vasen, kurz so viel schönen, reichen Hausrat, daß die Buben und Mädel aus dem Erstaunen und der Bewunderung gar nicht herauskamen. In einem Saal, der ganz von Gold schimmerte, mußten sie alle riesige Filzschuhe über ihre eigenen Schuhe ziehen. Der Fußboden war so fein und glänzend, so spiegelglatt, als sollte darauf gespeist werden, und der Diener mahnte: »Hier muß man vorsichtig gehen!«

Der hohe Herr.

Ja gehen, er hatte gut reden! Hopps, da lag der dicke Friede schon, und krach setzte sich Schulzens Jakob auf seinen Hosenboden. Krämers Trude zappelte ein Weilchen wie ein Fisch, dann fiel sie auch hin, und Bäckermeisters Mariele rutschte wie ein kleiner Schlitten auf ihrem Bäuchlein den halben Saal entlang. Der Führer hatte gerade mit dem Erklären beginnen wollen, als er sah, wie es um ihn herum plumpste. »Aber Kinder, was macht ihr denn?« rief er erschrocken.

Krach, da lag auch er da, so lang er war. Anton Friedlich hatte sich an seinem Bein halten wollen und ihn mit umgerissen.

»Uff!« stöhnte er. Vor lauter Überraschung wußte er nichts weiter zu sagen, nicht einmal schelten konnte er. Kaum hatte er sich aufgerichtet, da purzelte schon wieder eins hin, und ein Mädel griff angstvoll nach seinem Rockschoß.

»Aber was macht ihr denn?« schrie er nun entsetzt. »Haltet doch –« bums setzte sich vor ihm wieder ein Bube sehr unsanft auf den Hosenboden, und alles klirrte und krachte im Saal.

»Das geht nicht,« riefen der Lehrer und der Führer erschrocken wie aus einem Munde, und die Kinder klagten: »Wir können nicht in den Pantoffeln gehen.«

»Wir ziehen alle die Schuhe aus!« Annchen Amsee saß auf dem Fußboden, sie stand auch nicht auf, weil sie dachte, sie falle ja doch wieder hin. »In Strümpfen geht's, da trapsen wir auch nicht!«

»Ja, wir wollen die Schuhe ausziehen,« schrieen ihr die andern nach, und schon hatten ritsch, ratsch ein paar Mädel ihre Schuhe aufgebunden.

»Es wird wohl am besten so sein,« meinte der Herr Lehrer, und der Diener sagte seufzend und ergeben: »Meinetwegen, obgleich sonst nie jemand so in den Festsaal geht.« Eins, zwei, drei, waren alle Schuhe ausgezogen, und dann tappelten lauter rosenrote und kornblumenblaue Füße über das glatte Parkett. Die Oberheudorfer Mütter liebten nämlich die bunten Strümpfe sehr.

Aus dem Festsaal ging es in die Silberkammer, von da in das gelbe Zimmer, dann in den roten Saal, dann in die grüne Kammer; es war beinahe wie in einem Märchen. Endlich schloß der Führer eine schwere eichene Türe auf und sagte: »Das ist der Ahnensaal.« Aber erschrocken prallten die Kinder zurück, und den Mädeln wurde es himmelangst. An den Wänden hingen die lebensgroßen Bilder vieler Männer und Frauen in seltsamen Trachten. Manche von ihnen sahen recht grimmig aus, gar nicht, als hätten sie vom Anderwandhängen einen sonderlichen Spaß. Dies und das erzählte der Führer von dem und jenem: der war ein großer Held gewesen in dem langen Krieg von dreißig Jahren, und jener hatte gegen die Türken gefochten. Die eine der Schloßfrauen hatte einmal mit tapferer, mutiger List Stadt und Schloß aus großer Gefahr gerettet. Sie sah auf ihrem Bilde aber auch so stolz und feierlich aus, daß die Kinder sie sehr ehrfürchtig anschauten. Krämers Trude knickste sogar vor ihr.

Am Südende des Saales lag neben einer Tür, die auf einen schmalen Vorsaal endete, eine kleine Nische. In der hing noch ein Bild: ein finsterer Herr in der spanischen Hoftracht des sechzehnten Jahrhunderts war es. Von ihm erzählte der Führer, er sei ein gar arger Bösewicht gewesen, er gehöre von rechtswegen gar nicht in diesen Saal, denn er sei nur ein entfernter Verwandter des Fürstenhauses. Man lasse aber sein Bild hängen, obgleich er es gar nicht um die Familie des Fürsten verdient habe. In einer wilden Sturmnacht habe er versucht, die einzige Tochter des damals regierenden Herrn zu rauben. Fahrende Spielleute hätten ihm dann aber das schöne Fräulein abgejagt, als sie im Walde nach Hilfe gerufen habe. Sie sei dann vor Schreck und Grauen in ein Kloster gegangen. Ihr Räuber aber sei landflüchtig geworden, man wisse nichts von seinem Ende.

»Huhu,« graulten sich die Mädel und sahen ordentlich ängstlich auf den finsteren Mann, just als würde der mit seinen spitzen Schnabelschuhen aus dem Bilde herausmarschieren. Heine Peterle tat einen tiefen Atemzug und sagte: »Man hätt' ihn ordentlich verdreschen müssen.«

Das Wort gefiel den Buben, und der eine sagte dies, der andere das, was sie getan hätten, wenn sie die fahrenden Leute gewesen wären.

Der Herr Lehrer war inzwischen mit dem Führer an eins der spitzbogigen Fenster des Saales getreten, und die Kinder konnten sich ungestört über den finsteren Gesellen unterhalten.

»Wie er die Augen aufreißt!« tuschelte Ännchen Amsee, »puh, wie graulich!«

»Ich hätte ihn ganz gewiß gefangen und in den Turm gesteckt,« versicherte Schulzens Jakob zum drittenmal. Da trat Heine Peterle ganz dicht an das Bild heran und sagte keck: »Ich geb' ihm jetzt noch was für seine Schlechtigkeit.« Und patsch schlug er mit seiner kleinen Faust dem gemalten Mann auf den Bauch.

Die Kinder lachten, aber ihr Lachen erstarb jäh.

Himmel, was war das?

Urplötzlich verschwand das Bild und – Heine Peterle – ihr Heine Peterle mit ihm. Ein paar Sekunden lang zappelten und strampelten zwei rosenrote Beine in der Luft herum, es polterte und krachte, und dann waren gemalter Mann und Heine Peterle weg.

Die Kinder schrieen so gellend, so angsterfüllt auf, daß der Lehrer mit dem Führer so schnell herankamen, als es mit den großen Filzpantoffeln ging.

»Heine Peterle – – da – – der – – Mann, huhuhu,« kreischten die Kinder und deuteten entsetzt auf die Nische.

Dort gähnte jetzt nur ein dunkles Loch.

»Er – – hat – – ihn – – ge–ge–holt,« wimmerten ein paar Mädel.

Doch plötzlich zappelte ein rosa Bein in der Luft herum, dann noch eins, und dann – – stand Heine Peterle wieder da.

Aber wie sah er nur aus! »Bube, was ist denn geschehen?« Mit einem Ruck zog ihn der Lehrer ans Licht, während der Diener noch immer sprachlos in das dunkle Loch starrte, der gemalte Mann kam nämlich nicht wieder.

»I – ich – hazieh, hazieh!« Heine Peterle nieste einmal, zweimal, immerzu, und das war kein Wunder, denn er war von oben bis unten mit Staub bedeckt, Spinnweben lagen auf dem Haar und auf seiner Jacke; er sah aus, als hätte er ein halbes Jahrhundert in einer Rumpelkammer gesessen. »Was hast du denn gemacht, was hat er denn gemacht?« fragte der Lehrer ihn und die andern. Aber selbst für ihn, der doch die Buben und Mädel wahrlich kannte, war es schwer, etwas in dem wilden Durcheinander zu verstehen, nur ein Wort vernahm er immer wieder: »Er hat ihn auf den Bauch geschlagen,« »Er hat ihn auf den Bauch geschlagen.« »Hazieh, hazieh, hazieh!« nieste Heine Peterle, er schluchzte, hustete und stöhnte endlich: »Da – – da – –«

»Was ist da?« rief der Diener aufgeregt, und der Lehrer und die Kinder alle sahen gespannt auf Heine Peterle.

»Hazieh – – da – hazieh – – ist – hazieh – – 'n Loch!«

»Schafskopf,« schrie ihn der Diener an, »das sehen wir doch.« Auf einmal schlug er sich vor den Kopf. »Ich hab's: die geheime Türe ist das, die geheime Türe nach dem verborgenen Gang, nach der unser Fürst schon lange sucht. Das Bild ist die Türe.« Er raste an die große Haupttüre des Saales, an der ein Klingelzug hing, und läutete Sturm. Laut, dringlich schallte es durch das Schloß, und von allen Seiten eilten Diener herbei. Endlich kam auch der Kastellan, der in Abwesenheit des Fürsten das Schloß verwaltete. Lampen wurden gebracht und die geheimnisvolle Öffnung untersucht; eine ganz schmale, enge abwärtsführende Treppe wurde sichtbar.

»Es ist wirklich der geheime Gang,« sagte der Kastellan erstaunt. »Unser Fürst hat schon von einem Baumeister nach ihm suchen lassen, der aber nichts gefunden hat. Man vermutet nämlich irgendwo ein Gelaß, in dem wichtige Familienurkunden liegen sollen, aber bei einem Brande sind auch die Baupläne des Schlosses mit vernichtet worden. Der Großvater unseres jetzigen Fürsten hat den Gang noch gekannt, er starb aber unerwartet, und so erfuhr sein Sohn das Geheimnis nicht. Wie wird sich unser Fürst über die Entdeckung freuen!«

»Das ist dein Glück,« sagte der Lehrer sehr ernst zu Heine Peterle, »in fremden Schlössern haut man nämlich nicht mit der Faust nach den Bildern.«

»Nein,« meinte der Kastellan, »das tut man freilich nicht. Eigentlich ist's auch strafbar. Heute mag es freilich hingehen; hier ist mal eine Dummheit gut ausgegangen.«

»Er wollte den Räuber doch nur hauen, weil der so böse war,« flüsterte Annchen Amsee, um ihren Freund zu entschuldigen. Der wischte, pustete und nieste noch immer ganz furchtbar und konnte noch immer nicht viel sagen.

»Ach, darum also!« Der Lehrer, der Kastellan und der Führer riefen es wie aus einem Munde; sie sahen einander an und lächelten, lachten und fanden blitzschnell ein jauchzendes Echo bei den Kindern. Die waren ja heilfroh! Das ernste Gesicht des Lehrers hatte ihnen doch bisher die rechte Freude an der Entdeckung getrübt, aber jetzt kamen sie sich gleich ungeheuer wichtig vor, und ein paar der kecksten Buben tuschelten: »Da haben wir was Feines gemacht!« Himmelgern wären nun natürlich die Buben die

120

Treppe hinuntergeklettert – den Mädeln war es zu unheimlich – aber das gab es nicht. Der Herr Kastellan zog den gemalten Bösewicht, der hinter die Wand gerutscht war, wieder hervor, und schnapp, war das dunkle Treppengelaß wieder verschwunden.

»Gut, mein Junge,« sagte der Kastellan, »daß du nicht größer und nicht kleiner bist; hast gerade auf die rechte Stelle gehauen. Hier am Degenknauf des finstern Herrn sitzt ein Knopf; durch einen Druck darauf kann man anscheinend die geheime Pforte öffnen.« Er drückte, er drückte noch einmal, aber – – keine Türe sprang auf. »Na, was ist denn das?« rief er verwundert. »Herr Lehrer, versuchen Sie es doch einmal!«

Der Lehrer trat heran, er drückte auch, aber das Bild blieb unbeweglich an seinem Platze, und seine finsteren Augen starrten die Kinder an.

»Man muß hauen, aber feste,« sagte Heine Peterle plötzlich, der nun endlich das Niesen eingestellt hatte.

Der Kastellan folgte dem Rat, er schlug einmal, zweimal, aber erst beim drittenmal spazierte der finstere Bösewicht davon. »Potzwetter, so eine Oberheudorfer Bubenfaust kann aber kräftig dreinschlagen,« rief der Kastellan. »Gut, daß es nicht etwas anderes war.«

Der Herr Lehrer war auch sehr froh darüber, und er war es recht zufrieden, als er mit seiner Schar wieder auf dem Schloßhof stand. Dort hinaus brachten auf des Kastellans Befehl die Diener ein paar Tische und Stühle, und die Kinder durften unter den uralten Linden des schönen Hofes ihre mitgebrachten Butterbrote verzehren. »Vielleicht gibt's Schokolade,« sagte Schulzens Jakob und dachte an Fräulein Wunderlich, doch darin irrte er sich. Die Limonade, die die Schloßköchin den Kindern schickte, schmeckte ihnen aber auch sehr gut, und es wurde eine fröhliche Schmauserei.

Nachher gab es noch die Waffenkammer zu sehen, in der

121

so viele alte Ritterrüstungen, Hellebarden, Schwerter und andere Waffen und Geräte hingen, daß die Buben sich am liebsten alle in eisengepanzerte Ritter verwandelt hätten. Darüber war die Zeit schnell vergangen, und die Sonne dachte schon etwas an den Heimweg und an das Zubettgehen. Zeit war es also auch für die Oberheudorfer, daran zu denken, obgleich sie alle sich noch sehr gern die Stadt angesehen hätten.

»Friedes Schule wollen wir sehen,« bettelten ein paar Buben. Friede erschrak. Ganz jäh kam ihm der Gedanke an den Spott der stolzen Gymnasiasten. Was würden die sagen, wenn sie die Oberheudorfer, seine Heimatgenossen, sehen würden? Gleich schämte er sich aber wieder: mochten sie doch lachen, was kümmerte es ihn!

Ob der Lehrer etwas von den Gedanken ahnte? Er sagte so freundlich und gütig, wie er immer zu Friede sprach: »Es wird zu spät werden und ist auch ein großer Umweg, über den Johannesplan zu gehen!«

Doch da bat Friede heiß und dringlich: »Ach bitte, bitte, ich möchte allen so gern das Gymnasium zeigen.« Er wollte es beweisen, daß er sich der lieben Heimatgenossen nicht schämte, weil sie anders in Art und Wesen waren als die Buben und Mädel in der Stadt, und so bat er noch einmal: »Bitte, bitte, wir wollen alle über den Johannesplan gehen.«

Der Lehrer sah seinen einstigen Schüler prüfend an, dann strich er ihm über die heiße Wange und sagte froh: »Bist doch noch mein alter Friede, doch heute ist es wirklich zu spät, wir müssen uns sputen, um zu unseren Wagen zu kommen. Ein anderes Mal dann. Komm aber mit, begleite uns noch ein Stück heimwärts.«

Friede tat es, und er tat es gern. So vergnügt, als gehöre er noch ganz zu ihnen, lief er mit den Heimatgenossen durch Feldburgs Straßen bis dahin, wo er vor einiger Zeit Doktor Treumann getroffen hatte. Hier nahm er Abschied. »Auf

Wiedersehen, auf Wiedersehen in den Sommerferien,« hieß es.

»Wir kommen dir entgegen,« versprachen die Freunde.

»Wir auch,« riefen die Mädel, »und – –«

»Macht Schluß, es ist Zeit!« mahnte der Lehrer und schob ein paar Kinder vorwärts.

Friede war schon wieder ein paar Schritte zurückgelaufen, als er noch einmal innehielt und den Gefährten nachrief: »Heine Peterle, wenn etwas von dem geheimen Gang in der Zeitung steht, schreibe ich es dir.«

»In der Zeitung stehen!« Heine Peterle wußte plötzlich nicht, sollte er vor- oder rückwärts laufen, sollte er einen Luftsprung machen oder einen Purzelbaum schießen. Er drehte sich rundum und brachte den ganzen Zug auseinander, und es hätte wohl eine schlimme Verwirrung gegeben, wenn der Lehrer Heine Peterle nicht an der Hand gefaßt und gesagt hätte: »Wir zwei gehen mal miteinander. Nun vorwärts rasch, sonst fährt Friede Hopserling fort!«

Das half, nun liefen sie alle, so rasch sie konnten, und erreichten bald Wiesental, wo die Wagen schon warteten.

Von der Rückfahrt ist nur zu sagen, daß sie sehr lustig war. Es wurde viel gelacht, geschwatzt und gesungen, und die treuen Wächter des Dorfes, die Hofhunde, hörten die Stimmen der Heimkehrenden zuerst und grüßten sie durch ein langanhaltendes Gebell.

»Auf der Dorfstraße wird nicht mehr gestanden und geschwatzt,« gebot der Herr Lehrer, »Abschied nehmen ist nicht nötig, morgen seht ihr euch ja wieder.«

Heine Peterle hatte es am eiligsten, aber auch die anderen folgten alle brav dem Befehl. Heine Peterle mußte doch den Eltern und Muhme Rese sein Abenteuer erzählen, das preßte ihm fast das Herz ab. Mit noch mehr Gepolter und Lärm und noch ungestümer als sonst stürzte er daheim in das

Wohnzimmer, in dem sein Vater just die Zeitung las. Der fuhr erschrocken empor.

»Vater, ich komm' auch nein,« schrie Heine Peterle und tippte mit seinem Finger gleich ein Loch durch die Zeitung, »wegen dem Gang im Schloß, wo der Räuber davor stand, und – –«

»Bewahr mich!« rief der Bauer. »Frau, der Bube ist ja woll übergeschnappt. Leg ihn rasch ins Bett und tu ihm ein kaltes Tuch auf den Kopf!«

»Nä,« schrie Heine Peterle angstvoll, »ich hab doch – –«

»Ins Bett,« befahl der Bauer, »er hat Fieber.«

»Je, je, je,« jammerte Muhme Rese, »er wird krank, ich koch'n Fliedertee.«

»Nä!« Heine Peterle sträubte sich, denn seine Mutter wollte ihn in die Schlafkammer führen. »Komm nun, komm, schlaf dich aus!« tröstete sie.

Aber Heine Peterle mochte gar nicht schlafen, er wollte erzählen, und hastig schwatzte er alles durcheinander heraus, und Vater und Mutter sahen sich besorgt an, und die Mutter sagte: »Er hat wahrhaftig Fieber!«

»'n kaltes Tuch auf den Kopf und ins Bett, basta,« befahl der Bauer. Da half kein Widerstreben mehr. Heine Peterle wurde ins Bett gesteckt, und die Mutter legte ihm ein kaltes Tuch auf den Kopf, und Muhme Rese brachte Fliedertee.

Aber der Bube, als er sah, daß doch niemand seine schöne Geschichte hören wollte, schrie: »Ich hab' Hunger.«

»Man muß'n ja nich aufregen,« tuschelte Muhme Rese ängstlich und schlurfte, so schnell sie konnte, in die Vorratskammer und holte viele Butterschnitten und frischen Sonntagskuchen dazu. Heine Peterle aß sehr brummig und schweigend alles auf, und je mehr er aß, desto beruhigter sah die Mutter drein. Nur Muhme Rese schüttelte noch immer ängstlich den Kopf und sagte wieder und wieder:

»Wärste doch nicht mitgegangen! Ich hab's gleich gesagt, im Schloß passiert nischte nischt Gutes. Nu haste so'ne Geschichte im Kopp!«

Schluck! tat Heine Peterle, und der letzte Bissen war hinunter. Er schüttelte energisch den nassen Umschlag von der Stirn, streckte sich aus, sagte sehr vergnügt: »Und 's ist doch wahr, un vielleicht kommt's in die Zeitung.« Dann schlief er bums ein.

»Ein sonderbarer Bube!« seufzte Muhme Rese.

Der kleine Teufel hilft Fräulein Wunderlich über die Dornenhecke.

Ulrich Sonntag hatte sich zwar der Schwester gegenüber bereit erklärt, mit Friede nett zu sein, aber Jobst von Hellfeld wollte nicht, der bockte. Als Ulli ihm am andern Morgen auf dem Schulweg die Versöhnungsgeschichte erzählte, rief er borstig: »Ich tu' nicht mit, fällt mir gar nicht ein; dem Bauernjungen nachlaufen, das könnte mir passen!«

Und gerade an diesem Tage ging Friede nicht um die Kirche herum, sondern lief an dem Organistenhaus vorbei und kam gerade hinter den Freunden her, als Jobst das vom Bauernjungen sprach. Husch flogen da auch all die guten Vorsätze weg, mit denen er gekommen war. Er hatte Ulrich anreden wollen, ganz leicht hatte er sich das vorgestellt, und nun ging er stumm und ohne Gruß an seinen Kameraden vorüber, und ebenso stumm lief er dann wieder nach dem Spiegelhaus zurück.

»Hast du mit ihm gesprochen?« rief das Füchslein dem Bruder an diesem Tage entgegen. Sie erzürnte sich sehr, als sie sein »nein« hörte, und sie war schon drum und dran, mit zornigen Worten ihrem Grolle Luft zu machen, als ihr noch zur rechten Zeit der Mutter Worte einfielen. Sie seufzte zwar dreimal tief, dann war der Zorn in sein dunkles Herzkämmerchen zurückgesunken, und Füchslein sagte sanft und lieblich: »Aber morgen, Ulli, gelt, morgen tust du es?«

Ulli versprach es. Am nächsten Tag kam er aber sehr brummig heim. Schon von weitem schrie er: »Füchslein, er will gar nicht, tut, als sei ich Luft. Frech! Nun will ich aber auch nicht mehr.«

Von diesem Entschluß brachte den Bruder kein sanftes und kein zorniges Bitten und Fordern ab, und das Füchslein sah betrübt alle schönen Friedenspläne zerrinnen, denn sie selbst zankte sich wieder einmal gründlich mit dem Bruder. Sie sah Friede in diesen Tagen auch nur einmal von ferne; sie rief ihn an, er lief aber geschwind davon. Im Organistenhaus war er auch nicht gewesen, ärgerlich sagte es ihr Fräulein Wunderlich. Diese hatte schon wieder alle gute Schokoladenlaune verloren; sie ging verdrießlich im Hause herum und schalt und brummte, wenn sie an den bösen Nachbarn und den hinausgeworfenen Buben dachte. Selbst über den entflohenen kleinen Teufel schalt sie jeden Tag. Daß das Huhn entwichen war, kränkte sie bitter.

Marianne Sonntag bekam auch von dem entflohenen Oberheudorfer Huhn zu hören. An einem Frühlingsnachmittag war es, an dem ein leiser, warmer Regen auf die Erde niederfiel. Fräulein Wunderlich hatte trotz des Regens in ihrem Gärtchen gegraben und gepflanzt, und das Füchslein war zu ihr gekommen. Sie standen beide an der Mauer des Nachbargartens unter einem kleinen Schutzdach, und dort erzählte das Fräulein laut und zornig von dem entflohenen Huhn.

»Das ist gewiß nach Oberheudorf zurückgeflogen,« rief Marianne mit ihrem hellen Stimmlein. »Ihm gefällt es nicht in der Stadt.«

»Rede doch nicht solchen Unsinn, wie soll ein Huhn nach Oberheudorf fliegen!« schalt Fräulein Wunderlich. »Aber meinetwegen, ich mag schon gar nicht mehr von dem Ort und seinen Bewohnern hören. Nichts wie Ärger hat man davon.« Die Dame machte ein so bitterböses Gesicht, daß es dem Füchslein ganz ungemütlich wurde.

»Ich will jetzt hineingehen, Onkel Wunderlich ist gewiß wieder zurück.«

»War mein Bruder nicht da?« fragte das Fräulein.

»Nein, er ging vorhin noch mit dem Herrn Professor von Spiegel auf dem Platz draußen hin und her,« sagte Marianne arglos; sie hatte in diesem Augenblick die nachbarliche Feindschaft ganz vergessen.

»Geh, pfui, geh, du bist auch ein abscheuliches Mädchen!« rief Fräulein Wunderlich plötzlich. »Kommst nur, um mir unangenehme Sachen zu sagen.«

»Aber ich hab' doch nichts getan,« stammelte Marianne, doch Fräulein Wunderlich rief noch einmal: »Geh, geh, ich will dich nicht mehr sehen.«

Betrübt verließ die Kleine den Garten, und drinnen fiel es ihr erst ein, warum sie die Hausherrin erzürnt hatte. Die war böse, daß ihr Bruder mit dem Nachbar ging; sie haßte den, und Mutter hatte doch gesagt, einmal wären sie miteinander gute Freunde gewesen! Nachdenklich, mit gesenktem Kopf trat Marianne in das Musikzimmer. Dort stand der alte Organist und sah sinnend in den leise rinnenden Regen hinaus. »Was hast du denn, Kind?« fragte er, sich seiner Schülerin zuwendend, als diese eintrat, »du siehst ja gar nicht wie ein rechter Sonntag aus?«

»A–ch!« – Füchslein seufzte – »das Friedenstiften ist doch arg schwer!«

»Ja freilich, schwer ist's, sehr schwer sogar!« Herr Wunderlich seufzte nun auch. »Es ist darum am besten, es gar nicht zum Unfrieden kommen zu lassen. Aus einem kleinen Pflänzchen wächst oft eine ganze Dornenhecke auf, und keines kommt mehr herüber oder hinüber.«

»Nur ein Prinz,« sagte Füchslein, die gut verstanden hatte, daß ihr Lehrer an seiner Schwester Zwist mit dem Nachbarn dachte.

Herr Wunderlich lächelte. »Ja, ein Märchenprinz, und ein Märchenprinz kann auch ein Oberheudorfer Bauernbube sein. Man muß aber Geduld haben, viel Geduld. Wir wollen uns nur hüten, daß nicht noch mehr Streit und Unfriede entsteht, nicht noch zwischen anderen Brüdern und Schwestern.«

Marianne wurde rot, seufzte tief und murmelte, während sie ihre Geige aus dem Kasten nahm: »Ich will Ulli nachher wieder gute Worte geben.«

»Und ich will meiner Schwester auch gute Worte geben,« sagte der alte Herr, und auf einmal lachten sich Lehrer und Schülerin sehr vergnügt an, nickten sich zu, und dann spielten sie zusammen und vergaßen darüber Zank und Streit.

Im Spiegelhaus dachten just zwei auch gerade an die Nachbarn hinter der Hecke. Friede war es und der Gärtner. Dieser hatte gerade an der Mauer gestanden, als Fräulein Wunderlich von des schwarzen Teufels Verschwinden erzählte. Lieber Himmel, das war doch das kleine Huhn, das Friede ihm gebracht. Eilig lief er zu dem Knaben, der über seinen Büchern saß, und erzählte ihm das Gehörte.

Friede erschrak. »Ich dachte, sie hätte es hinausgeworfen wie mich,« stammelte er erschrocken.

»Ja, das hilft nun nichts, du mußt es ihr schon wieder hinübertragen,« meinte der Gärtner.

»Aber ich kann doch nicht zu ihr gehen,« rief Friede ordentlich entsetzt, »ich will's über die Mauer heben.«

»Trag's lieber hinüber! Gib es der Marie, das ist kein ungutes Mädchen, die wird schon verstehen, daß du das Huhn nicht hast behalten wollen. Aber fort muß es gleich, mein Herr möchte sehr böse werden, wenn er wüßte, ich habe ein fremdes Huhn im Stall, nach dem sie drüben suchen. Übrigens hat das Fräulein dich ja neulich grüßen lassen, vielleicht ist sie gar nicht mehr böse.«

»Ich mag nicht zu ihr gehen,« rief Friede trotzig.

»Gut,« brummte der Gärtner, »dann trage ich das Huhn

fort, wenn du dich fürchtest! Im Hause darf es nicht bleiben, und der Herr Professor soll mich keinen alten Eigensinn schelten.«

»Ich will's schon hinübertragen,« murmelte Friede kleinlaut. »Pah, ich fürchte mich nicht, und Marie macht ja immer die Türe auf, der kann ich es übergeben.« Er nahm seine Mütze, ging in den Garten hinab und holte den kleinen Oberheudorfer Teufel aus dem Stall heraus. »Schade ist's nicht darum,« brummte der Gärtner, »und arg viel Freude wird das Fräulein an dem kleinen Untier nicht haben, aber zurückhaben soll sie es; was Recht ist, ist Recht.«

Es wurde Friede nicht leicht, bis zu dem Nachbarhaus zu gehen. Er sah sich draußen erst um. Niemand war zu sehen; der Johannesplan lag, wie fast immer, wenn nicht Schulanfang oder Schulschluß war, menschenleer da. Als er an das Organistenhaus kam, sah er, daß eins der Fenster neben der Haustüre halb offen stand. Von seinem kurzen Aufenthalt im Hause her wußte er noch nicht gut Bescheid, wie und wo die einzelnen Zimmer und Wirtschaftsräume lagen; er glaubte aber, dies Fenster sei eins von dem breiten Hausflur. Er überlegte nicht lange und fand, es sei am besten, das Huhn einfach durch das Fenster in das Haus zu lassen, dann war es drinnen, und Marie würde es bald merken, denn der kleine Teufel wußte seine Stimme gut zu gebrauchen. Wenn jemand etwas bequem ist, dann erscheint es ihm leicht gut und richtig, und Friede erging es mit dem Huhn auch so. Kurz entschlossen schwang er sich von der Treppe auf die Fensterbrüstung; es ging ganz leicht. Dann ließ er das Huhn durch das offene Fenster in das Haus hinein, zog vorsichtig, so gut es gehen wollte, das Fenster von außen wieder zu und ging befriedigt ins Spiegelhaus zurück. Dort lief er gleich hinauf zu seinen Büchern, weil er sich im Herzen ein bißchen schämte, dem Gärtner zu sagen, wie er das Huhn bei Wunderlichs abgegeben hatte.

Fräulein Wunderlich war in ihrem Gärtchen immer auf und ab gegangen, ärgerlich auf alle Welt und ärgerlich auf sich. Es erzürnte sie auch, daß sie naß wurde; trotzdem holte sie sich keinen Schirm. Endlich kehrte sie in ihr Haus zurück. Dort scheuerte Marie mit viel Lärm und Gepolter die große, nach dem Garten gehende Hinterstube aus. Pfingsten rückte näher, und zu Pfingsten mußte alles noch blanker als blank sein. Sie fing daher immer zeitig mit Scheuern und Putzen an. Wenn sie so recht in der Arbeit war, hörte und sah sie nichts. Sie schaute auch erst auf, als Fräulein Wunderlich die Türe öffnete und rief: »Marie, hier schreit ja ein Huhn im Hause!«

»Ih nee,« rief Marie vergnügt, »ja, da geistert vielleicht gar der kleine schwarze Teufel aus Oberheudorf im Hause herum!« Sie lauschte, es war aber nichts zu hören, und Fräulein Wunderlich ging noch verdrießlicher von dannen, hinauf in ihr Schlafzimmer, um sich umzuziehen, denn sie war ganz naß geworden. Alles ärgerte sie, Maries Lachen, daß ein Huhn schrie und dann doch nicht schrie. Sie war so recht in der Stimmung, sich über die Fliege an der Wand zu ärgern.

Unten hatte es geklingelt, erst einmal schüchtern, dann noch einmal lauter.

Marie war durch den Hausflur geschlurft, hatte geöffnet und kam und meldete: »Fräulein Müller ist da, mit dem neuen Kleid.«

»Lange genug hat es gedauert,« murrte Fräulein Wunderlich. Vorgestern hatte die Schneiderin schon das neue Kleid bringen sollen, und jetzt brachte sie es erst. Fräulein Wunderlich hätte das Kleid sicher in den zwei Tagen nicht angezogen, ja eigentlich hatte sie gar nicht daran gedacht, nun aber schalt sie über die Unpünktlichkeit und ging mit dem allerfinstersten Gesicht zu der

Schneiderin hinab. Diese sah noch blässer, noch bekümmerter als sonst drein. Sie wollte gerade eine Entschuldigung sagen, als Fräulein Wunderlich sie zornig anschrie: »Schämen Sie sich, so unpünktlich zu sein, ich werde nichts mehr« – –

»Gagagagaaag« gackerte es auf einmal laut dazwischen, und Fräulein Wunderlich brach erschrocken ab. »Marie, Marie,« rief sie, »es ist doch ein Huhn in der Wohnung!«

Marie stürzte herbei. »Wo denn? Ich höre ja nichts!« Sie konnte auch wirklich nichts hören, denn es war wieder alles still im Haus. »Das ist 'ne putzige Geschichte,« meinte sie und schlurfte kopfschüttelnd wieder davon.

Fräulein Wunderlich war aber so verärgert, daß sie die arme Schneiderin noch heftiger anschrie. Die wollte etwas sagen; sie wäre aber sicher noch lange nicht zu Worte gekommen, wenn nicht plötzlich wieder laut ein Huhn gegackert hätte.

»Da ist es ja wieder,« rief Fräulein Wunderlich und riß die Türe auf. »Marie, Marie, es gackert wieder.«

Diese kam angerannt. »Das ist der kleine Teufel aus Oberheudorf, der geistert im Hause rum,« rief sie, »der ist 'n Gespenst geworden.«

Die arme Schneiderin wollte gern ihr Geld haben. Daheim war ihre Mutter so krank, und sie hatte sie pflegen müssen und dabei Tag und Nacht genäht. Nun war kein Geld im Hause, ach, und nun war ihre Kundin so böse. Wie sollte sie das nur sagen? Sie atmete tief und flüsterte ängstlich: »Ich wollte um mein Geld bitten, ich – –«

»Nein, so eine Unverschämtheit, so – – –«

»Gagagagaaag, gagagag,« gackerte es laut. Fräulein Wunderlich brach wieder ihre Rede ab und stammelte: »Wo ist das nur?«

»Hier drinnen schreit es,« rief Marie und riß die Türe zu

dem Besuchszimmer auf, der »Putzstube«, wie sie es nannte. »Alle guten Geister, das ist wirklich 'n Gespenst,« schrie sie entsetzt. »Da, da, o du meine Güte, wie graulich!«

Über einem zierlichen Glasschränkchen hingen die Bilder von Fräulein Wunderlichs Eltern, darunter stand eine große Schale, mit Frühlingsblumen gefüllt. Auf dem Rand dieser Schale aber saß der kleine Teufel und rupfte und zerrte an den Blumen herum; die Hälfte davon lag schon am Boden. »Gagagagag, gagagaag,« schrie das Tier jedesmal, wenn es wieder ein paar Blumen zerpflückt hatte. Dann pickte es wieder nach den Efeuranken, die das Bild umgaben; von ihnen hatte es auch schon die Hälfte Blätter abgezupft.

Fräulein Wunderlich brachte vor Entsetzen kein Wort heraus. Seit dem Tode ihrer Eltern stellte sie immer blühende Blumen unter das Bild. Sie meinte damit das Andenken der Toten gar gut zu ehren. Niemand durfte an den Blumen rühren, und nun saß das kleine, schwarze Untier oben und zerstörte alles.

Minna Müller, die Schneiderin, fand es nicht weiter schlimm, daß ein Huhn einmal Blumen zerzauste. Marie würde es schon fangen und alles wieder in Ordnung bringen. Sie dachte immer nur an ihre kranke Mutter, und daß sie Geld haben und rasch heimgehen mußte. Weil Fräulein Wunderlich so stumm geworden war, wagte sie es noch einmal zu bitten. »Meine Mutter ist so krank,« flehte sie; »ach bitte, Fräulein Wunderlich, geben sie mir doch das Geld, ich brauche es für Medizin. Ach, wenn meine Mutter nun stirbt!«

»Ritsch, ratsch,« zog das Huhn an der Efeuranke, und das Bild selbst wackelte und schwankte plötzlich hin und her. Mit einem Schrei sprang Fräulein Wunderlich hinzu, der kleine Teufel flüchtete und riß die Schale vom Schränkchen, die mit lautem Geklirr zu Boden fiel. Doch das Bild war an seinem Platz geblieben, Fräulein Wunderlich hielt es fest. Dabei sah sie in die Augen ihrer Mutter, die nun schon so lange tot war. Gute, sanfte Augen waren es, und der Tochter fiel ein, daß sie wohl immer Blumen unter das Bild stellte, aber recht lange schon nicht in die lieben Mutteraugen geblickt hatte. Sie tat es jetzt, schaute, während Marie schreiend das Huhn fing und Fräulein Müller leise weinte, nachdenklich in das treue, gute Muttergesicht, und da war es ihr, als spräche der Mund wieder wie einst mahnend: »Sei nicht so zornig, sei mild, laß dich nicht von deiner bösen Laune so beherrschen! Nachher bereust du es, aber die Reue kommt manchmal zu spät.«

»Ich hab's, Fräulein, ich hab's,« schrie Marie und hielt das kleine schreiende Huhn fest. »Ist doch zu närrisch, da geistert das Untier die ganze Zeit im Hause rum, und niemand merkt was. Wo's nur gesteckt hat? Und den Schaden, den es angerichtet hat, die schöne Schale!«

Zu Maries großem Erstaunen hatte ihre Herrin kein zorniges Wort. Diese bückte sich nicht einmal, um die Scherben aufzuheben, sie sagte rasch zu der kleinen, noch immer weinenden Schneiderin: »Kommen Sie, Fräulein Müller, ich will Ihnen Ihr Geld geben; das Kleid wird schon sitzen.« Ihre Stimme klang so sanft, daß Marie wieder dachte: »Wenn sie so spricht, ist sie zu nett. Und komisch, nicht mal schelten tut sie über die zerbrochene Schale!«

Ihre Herrin ging schweigend hinüber, und drüben sprach sie liebe, freundliche Worte mit Minna Müller, und dann packte sie für die kranke Mutter lauter gute Sachen ein und versprach, sie wolle morgen selbst nach der Kranken sehen. Die Schneiderin weinte noch immer, aber jetzt tat sie es vor Freude und Dankbarkeit. Als sie durch den Flur ging und Marie ihr die Haustüre öffnete, rief sie: »O, Fräulein Wunderlich ist aber gut, so gut! Und immer habe ich mich vor ihr gefürchtet, und das ist gar nicht nötig, sie ist ja so freundlich!«

Ein Weilchen später dachte das Marianne Sonntag auch. Fräulein Wunderlich rief sie gar freundlich an, als sie heimgehen wollte, und setzte ihr Teekuchen vor, und Marie erzählte die seltsame Geschichte von dem schwarzen Huhn. »'n Wunder ist's, 'n richtiges Wunder! Wo das Untier nur gewesen ist?« rief sie. »Und Herr Wunderlich muß es hören, er wird sich auch wundern.«

Herr Wunderlich wunderte sich auch wirklich, er

wunderte sich aber noch viel mehr über seine Schwester: die war so sanft und gut wie seit langem nicht. Es war wirklich, als wäre hellster Sonnenschein, und dabei rann und rieselte draußen der Regen immer stärker vom Himmel herab. »Ich muß heimgehen,« sagte Füchslein endlich, »ich habe keinen Regenschirm.«

»Wart' nur noch ein Weilchen, es hört wohl auf,« riet Fräulein Wunderlich. Es hörte aber nicht auf, dafür klingelte es nach einer Viertelstunde etwas laut. Draußen stand Ulrich Sonntag und sagte verdrossen: »Ich will unser Füchslein abholen, weil es regnet.«

Beim Anblick des Bruders kamen Marianne alle guten Versöhnungsgedanken in den Sinn. Mit einem Jubelschrei fiel sie dem Buben um den Hals, unbekümmert darum, daß er recht naß war. »O Ulli,« rief sie, »wir wollen wieder gut sein miteinander. Onkel Wunderlich sagt, sonst wird 'ne Dornenhecke draus, und wir können nicht mehr drüber. Ach, und Ulli, der Teufel ist wieder da!«

»Füchslein, du bist verdreht,« brummte Ulrich. Er streichelte aber der Schwester doch die Backen, wenn es auch ein bißchen ungeschickt ausfiel. Er war heilfroh, daß sein Füchslein wieder gut zu ihm war.

Beim Wort von der Dornenhecke war Fräulein Wunderlich zusammengezuckt; sie sah zu ihrem Bruder auf und begegnete dem Blick seiner guten, stillen Augen. »Er hat der Mutter Augen,« dachte sie und streckte ihm rasch die Hand hin. »Man kommt manchmal auch über eine Dornenhecke, Matthias,« sagte sie, »wenn man nur den guten Willen hat. Wollen wir nachher zusammen ins Spiegelhaus gehen und den alten Freund besuchen?«

»O Line,« sagte der alte Mann froh, »so soll endlich Friede werden zwischen uns? Gott sei gelobt!«

Die beiden Sonntagskinder hatten das Zwiegespräch nicht gehört. Füchslein hatte die wunderbare Geschichte von dem

Oberheudorfer Huhn erzählt, und Ulrich wunderte sich gebührend. Dann mahnte er: »Komm heim, Mutter sorgt sich sonst. Und Jobst wartet auch!«

Marianne stülpte sich flink ihren Hut auf, nahm ihre Geige, und nach fröhlichem Abschied patschten sie beide versöhnt und einträchtig über den Johannesplan heimwärts.

Ein Weilchen später gingen die beiden alten Leute durch den rinnenden Regen hinüber in das Nachbarhaus zu dem Freunde ihrer Jugend. Friede stand an der Türe, als sie kamen, und er erschrak sehr, als er Fräulein Wunderlich so plötzlich vor sich sah. Sicher kam sie des Huhnes wegen. »Das Huhn,« stammelte er erschrocken, »ich – ich dachte, Sie hätten es hinausgeworfen!«

»Das Huhn! Hast du es gebracht?« rief Fräulein Wunderlich und zog den Knaben in ihre Arme. »O Friede, Junge, ich danke dir, o so sehr!«

»Für das Huhn?« Friede sah namenlos verdutzt drein.

Fräulein Wunderlich lachte, wirklich, sie lachte herzlich und froh, und dabei sah sie so hübsch aus wie ein Sonnentag. »Ja, für das Huhn, und noch für viel mehr. Komm, gib mir die Hand, wir wollen Frieden schließen miteinander, willst du?«

»Ja,« rief Friede vergnügt und rannte ins Haus hinein, um seinem Pflegevater den Besuch anzukündigen.

Der schlug mit lautem Knall das Buch zu, in dem er gelesen hatte. »Endlich,« rief er, »endlich ist die Dornenhecke fort!« Froh eilte er den Gästen entgegen, streckte ihnen beide Hände hin und rief: »Willkommen im Spiegelhaus! Das hätte ich nicht gedacht, daß mir der Regentag eine solche Freude bringen würde.«

Allerlei Geschenke, und was aus ihnen wird.

»Heute brauche ich nicht um die Kirche herum zu gehen,« dachte Traumfriede an dem Morgen nach der Versöhnung zwischen den feindlichen Nachbarn. Der Junge packte recht nachdenklich seine Bücher zusammen. Er freute sich, daß nun keine Feindschaft mehr zwischen dem Spiegelhaus und dem kleinen Organistenhaus herrschte, aber daß er nun wieder zu Wunderlichs sollte, tat ihm bitter leid. Gestern war es verabredet worden, und Fräulein Wunderlich war gar lieb und freundlich zu ihm gewesen. Er wußte aber doch, so lieb wie den Professor würde er sie nie gewinnen. »Könnte ich bei ihm bleiben!« wünschte er sich, als er durch den Garten auf das Tor zuschritt. Aber das war wohl ein vergeblicher Wunsch; Professor von Spiegel hatte ja gleich gesagt, er würde ihn nur kurze Zeit behalten.

»Heda, Traumfriede! Na, so etwas, der Bube sieht nicht rechts und links,« schrie ihn plötzlich eine laute Stimme an, und als er sich verwirrt umsah, hielt gerade vor ihm Kaspar auf dem Berge mit seinem Wäglein. »Na gelt, das freut dich, daß de mal wieder 'n Oberheudorfer siehst?« fragte der Wirt behaglich.

In Friedes Augen leuchtete es auf; er freute sich wirklich, und an die hochmütigen Grünmützen dachte er gar nicht. Er hatte gleich hundert Fragen zu stellen, fragte dies und das, wollte wissen, wie es Muhme Lenelies gehe und allen andern im Dorfe, und der dicke Wirt konnte kaum Luft schnappen. Endlich schrie er: »Nä, Friede, so 'n Gefrage! Kannst du aber schwätzen! Wie geht's?«

Ein Gruß aus der Heimat.

Friede wollte gerade den Mund zu einer neuen Frage auftun, als bimbam im Gymnasium die Uhr anschlug. Himmel, die Schule begann! »Ich muß fort,« rief Friede erschrocken, aber Kaspar auf dem Berge hielt ihn noch fest. »Da, Bub', die Wurst; ich hab' dir eine mitgebracht. Weißt schon, wie 'ne Oberheudorfer Wurst schmeckt keine andere.« Und ehe Friede noch recht wußte, wie und was, hatte er eine lange Wurst im Arm. Er stammelte noch einen kurzen Dank und raste dann eilig in die Schule. Es war allerhöchste Zeit.

»Ich soll noch 'ne Kiste abgeben; die stell ich hier rein,« schrie der Wirt noch. »Laß dir's schmecken!«

Friede hörte das gar nicht mehr, er rannte, seine Wurst fast zärtlich im Arm, über den Schulhof die Treppe hinauf und kam gerade noch im letzten Augenblick in das Klassenzimmer hinein.

»Er hat eine Wurst im Arm, eine Wurst aus Oberheudorf,« tönten ihm gleich etliche Stimmen entgegen, und nun besann sich Friede erst, daß er die Wurst ganz offen im Arme trug. In seiner Verlegenheit sagte er patzig zu seinem Nachbar: »Laß meine Wurst zufrieden!«

»Na nu,« rief der, »ich habe deiner Wurst ja nichts getan, nicht einmal angesehen habe ich sie. Zeig sie erst mal her!«

»Ja, zeig sie uns auch, Friede Pfennig!« Ein paar Bubenhände langten nach der Wurst, Friede wollte sie halten, aber schon hatte einer sie ihm entrissen. Dem wieder suchte sie ein anderer zu entreißen; drei, vier riefen: »Ich will die Wurst« und »Gebt sie ihm doch wieder!«

Just in diesem Augenblick tat sich die Türe auf, und Doktor Schneider trat ein. Die Buben schnellten zurück, der die Wurst hatte, wollte sie Friede zuwerfen und –

»Au!« rief Doktor Schneider erschrocken, denn die große Wurst sauste ihm plötzlich an den Magen. Nun gehört eine Wurst allemal in den Magen, aber an den Magen sicher nicht, und in einer Schulstube sind herumfliegende Würste auch nicht am Platze. Das Gesicht des Lehrers verfinsterte sich auch beträchtlich, mit strengen Augen musterte er die Schüler. Er sah in lauter erschrockene und verlegene Gesichter, als er ernst fragte: »Wem gehört die Wurst?«

Einen Augenblick herrschte Totenstille in der Klasse, keiner wagte Friedes Namen zu nennen; sie wußten es alle ja ganz genau, daß er die Wurst nicht geworfen hatte. Noch einmal fragte der Lehrer streng: »Wem gehört die Wurst?« Da stand Friede auf und sagte leise aber fest: »Mir!«

Doktor Schneiders Blick ruhte prüfend auf dem Knaben. Der war zwar blutrot geworden, aber seine Augen sahen offen und frei zu dem Lehrer auf. »Hast du die Wurst geworfen?« fragte er wieder.

Einen Herzschlag lang zögerte Friede. Er wußte, wer die Wurst geworfen hatte. Jobst von Hellfeld war's gewesen, er hatte es wohl gesehen, aber angeben, nein, das tat er nicht. »Es ist meine Wurst,« sagte er nur, kein Wort der Anklage, nichts weiter.

»Warum hast du denn die Wurst mit in die Klasse gebracht?« Doktor Schneiders Stimme klang schon ein wenig milder als zuvor.

Friede war es da, als stände Kaspar auf dem Berge vor ihm; er sah sein rundes Gesicht und hörte seine breite Stimme freundlich reden, und ganz fest sagte er: »Ich habe die Wurst geschenkt bekommen. Der Wirt aus Oberheudorf hat sie mir mitgebracht, und es war zu spät, sie heimzutragen.«

»So – und warum hast du mit der Wurst geworfen, oder – warst du es nicht?«

Friede atmete tief, aber er schwieg. Doktor Schneider lächelte unmerklich. »Hm, vielleicht ist die Wurst von selbst durch die Luft geflogen, was meinst du?«

Zweiunddreißig Paar Bubenaugen ruhten auf Friede. Was würde er jetzt sagen? würde er doch der Angeber sein? Jobst von Hellfeld hatte die Lippen verächtlich zusammengepreßt; er verrät mich doch, dachte er, natürlich, er haßt mich ja!

»Na, Friede Heller,« fragte Doktor Schneider noch einmal, »was meinst du, ist die Wurst von selbst geflogen?«

»Nein,« rief Friede rasch und schaute zu dem Lehrer mit blitzenden Augen auf, »ich denke aus – Versehen. Wir haben uns geneckt.«

»Ich war's, ich warf die Wurst.« Jobst von Hellfeld schnellte wie ein Pfeil empor, er war auch blutrot geworden, aber mutig und ehrlich sah auch er zu dem Lehrer auf.

Doktor Schneider nickte gelassen: »Es mag gut sein, ich wollte nur wissen, ob Würste von allein fliegen können. Wir wollen beginnen!«

Dreiunddreißig Bubenköpfe senkten sich auf die Bücher herab, die Stunde begann, und es war eine, in der die Buben ihre Dummheiten vergaßen und mit leuchtenden Augen dem Lehrer lauschten. Geographie gab es. Die Landkarte an der Wand wurde weit und groß. Da waren nicht bloß Linien und blau getuschtes Meer, da rauschten die Wellen, Wikingerschiffe durchsegelten den Ozean; Italien, Griechenland, den sonnigen Süden meinten die Buben zu schauen; sie lugten hinüber nach Afrikas Küste, und als draußen die Glocke den Schluß der Stunde verkündete, da kehrten alle nur langsam, fast betrübt von einer wunderschönen Fahrt zurück.

Friede kam erst recht zu sich, als die Türe hinter Doktor Schneider klappte. Wirklich, da war das Schulzimmer, da saß er, Friede Heller aus Oberheudorf, auch Traumfriede genannt. Und er war kein nordischer Seefahrer, wie er noch eben gemeint hatte. So recht zu sich kam er erst, als über ein paar Köpfe hinweg ihm Jobst von Hellfeld seine braune Hand hinreichte: »Heller, verzeih mir, bist ein anständiger Kerl!«

»Ja, ein sehr anständiger Kerl!« Ulrich Sonntag hielt ihm auch die Hand hin. Er lachte gutmütig: »Das Füchslein hat doch recht gehabt!«

Aus dem Kreise der andern traten noch etliche zu dem Oberheudorfer Buben; die waren es, die ihn am meisten geneckt hatten. Doch ehe Friede sich noch recht ausgewundert und alle Hände geschüttelt hatte, ertönte schon wieder die Glocke, und Doktor Schneider, der auch die zweite Stunde zu geben hatte, betrat von neuem das Klassenzimmer. Diesmal flog ihm keine Wurst an den Magen; er sagte aber auch nichts mehr von dem Vorhergegangenen. Die Buben merkten bald, er hatte vergeben und vergessen.

In der großen Pause fanden sich Friede, Jobst und Ulrich zusammen auf dem Schulhof. Friede hatte seine Wurst mitgebracht, denn Ulrich Sonntag hatte gemeint, sie wäre gewiß besonders gut. Nun probierten sie alle drei einträchtig die Wurst und schlossen dabei Freundschaft.

Und wie sie so saßen, kam einer nach dem andern hinzu, und Friede teilte aus; bereitwillig gab er jedem etwas, froh, daß er der Geber sein durfte.

»Die schmeckt aber fein!« Peter Müller, ein kleiner, dicker Kerl, schlug sich auf den Bauch. »Ich wollte, ich kriegte auch mal eine.«

»Die ißt du dann doch allein, und wir kriegen nichts,« brummte Ulrich Sonntag. »Der Friede ist ein anderer Kerl, der gibt uns doch was ab!«

»Freilich, der Heller ist ein anständiger Kerl!« Das Wort tönte Friede noch in den Ohren, als er schon wieder oben im Schulzimmer saß. Mit so hellen Augen wie an diesem Tage hatte er noch nie das Gymnasium verlassen. Er ging auch nicht allein, er ging mit Jobst und Ulrich, und er nahm gerade so lustig und vergnügt von den andern Abschied wie diese voneinander; er fühlte, er gehörte jetzt zu ihnen. Als er über den Johannesplan lief und Fräulein Wunderlich am Fenster saß, da schwenkte er jauchzend seine grüne Mütze. Nun hatte er ja Freunde, gute Kameraden! Heisa, wie anders sah da die Welt aus!

Singend betrat er das Spiegelhaus. Aber nicht wie sonst kam ihm Frau Emma freundlich entgegen; sie sah ganz ärgerlich drein. »Du, Friede, sieh nur,« rief sie, »was soll nun das bedeuten?« Sie zeigte verächtlich auf eine Anzahl Töpfe, Teller und Kannen, die am Boden standen. Alle hatten abgebrochene Henkel, große Sprünge und Lücken. »Dies hat ein Mann gebracht; er sagt, er wäre Kaspar auf dem Berge, und er solle dies Herrn Professor abgeben. Erbarm' dich, Friede, was soll der mit dem kaputen Zeug?«

»Ich weiß nicht,« stotterte Friede verdutzt und musterte die Scherben. Die Kanne mit den Rosen und Vergißmeinnicht kannte er. Das war Waldbauers Staatskanne gewesen. Ja, und aus dem Topfe mit dem grünen Eichenkranz – aus dem hatte Heine Peterles Muhme sonst immer ihren Sonntagnachmittagkaffee getrunken.

»Ja so,« sagte Frau Emma wieder, »und hier ist ein Brief an dich. Vielleicht steht da drin, was der Unsinn bedeuten soll.« Sie reichte Friede einen Brief, der reichlich mit Fettfingern geziert war, und als der Junge ihn erbrach, strahlte ihm als Erstes ein großer Tintenklecks entgegen. »Ach,« dachte er, »der ist von Heine Peterle.« Denn Heine Peterle war groß in Tintenklecksen, ein richtiger Künstler war er darin; niemand in ganz Oberheudorf machte so viele und so große Tintenkleckse wie Heine Peterle.

Der Brief war auch wirklich von ihm. Er lautete: »Lieber Friede! Weil Dein Härr Brofester so arg gern gapuhte Töppe hat, kriechst Du welche. Wir haben alle welche gebragt und weil ich keins hatte, habb ich Muhme Rese seinen Kaffätopp erschlagen. Und wenns wider was gapuht ist, kriechts Härr Brofester. Und file Grüßen von alle. Und wenns doch erst Fährchen giehbt. Und mit filen Grüßen Dein liebr Heine Peterle. Und auf Witersähen. Haste die Stattjungens schon ferhauen?«

Friede ließ den Brief sinken und sah Frau Emma halb kläglich, halb lachend an. »Die Töpfe sind wirklich für den Herrn Professor! Hier steht's.«

»Was ist für mich?« Professor von Spiegel hatte in seinem Zimmer Friedes Worte gehört. Er schaute zur Tür hinaus, und das erste, was er sah, war das zerschlagene Geschirr. »Na nu,« rief er, »es hat heute wohl hier Polterabend gegeben?«

»Das ist für Sie, Herr Professor,« rief die ordentliche Frau Emma ärgerlich. »Aus Oberheudorf haben sie es geschickt. So ein Unsinn, solchen Kram zu schicken!«

»Wer weiß, was sie sich dabei gedacht haben. Zeig doch mal deinen Brief, Friede!«

»Heine Peterle kann nicht so sehr gut schreiben,«

murmelte Friede verlegen, den Brief hinreichend.

»Aber Kleckse kann er scheint's machen,« meinte der Professor, »und – oh – –.« Der alte Herr lachte plötzlich laut auf, lachte so schallend und herzlich, daß sein Lachen die andern ansteckte. Sie lachten mit, Frau Emma, ohne zu wissen, warum, und Friede, weil er herzlich froh war, daß sein Beschützer sich nicht ärgerte. »Oh,« rief der, »ihr Oberheudorfer seid doch wirklich ein kurioses Volk! Zu meinen Altertümern, zu meinen wertvollen Ausgrabungen soll ich diese Scherben stellen. O, o Kinder! Dieser Heine Peterle schlägt auch noch dafür seiner Muhme den Kaffeetopf entzwei.«

Die Gärtnersfrau hatte inzwischen den Brief genommen und ihn gelesen, und ihr kullerten gleich die hellen Tränen vor Lachen über das runde Gesicht. »Nein, dieser Purzel,« rief sie, »ich koche ihm Schokolade, wenn er noch einmal kommt.«

»Er meinte es so gut,« sagte Friede. Der Freund tat ihm leid. Wie würde sich der kränken, wenn er wüßte, wie er ausgelacht würde! Und noch einmal sagte er bittend, entschuldigend: »Er ist doch so gut!«

»Brav, mein Junge, entschuldige deinen Freund!« Der Professor klopfte noch immer lachend Friede auf die Schulter. »Freilich, woher sollt ihr es auch wissen, was meine Sammlung bedeutet,« fügte er gutherzig hinzu.

»Ach, der Friede ahnt es schon,« rief Frau Emma rasch. »Der steckt, so oft er kann, im Saal; ich glaube, der kennt schon jedes Stück.«

Überrascht schaute der Professor seinen Pflegesohn an. Er war allezeit freundlich und väterlich zu dem Buben gewesen, aber allzuviel hatte er sich doch nicht mit ihm unterhalten. Er hatte ihn in sein Haus genommen, weil es gerade nicht anders ging, aber eigentlich hatte er ihn immer nur wie einen Gast betrachtet, der kommt und wieder geht und nie weiter an seine Zukunft gedacht. »Wollen wir einmal zusammen zu meinen Lieblingen gehen?« fragte er jetzt freundlich. »Unterdessen denkt Frau Emma vielleicht an das Mittagessen.«

»Ach, du meine Güte,« rief die Frau erschrocken, »ich vergesse ja rein über dem Oberheudorfer Unsinn die Küche und lasse meinen Herrn verhungern!« Sie rannte aufgeregt davon.

Der alte Herr aber stieg heiter mit dem Knaben in das obere Stockwerk hinauf und betrat den Saal, in dem seine Sammlung aufgestellt war. Er erklärte Friede dies und das, fragte auch einmal und verwunderte sich immer mehr über des Buben kluge Antworten und sein lebhaftes Interesse. »Eigentlich ist's schade,« rief Herr von Spiegel, »daß du wieder fortgehst.«

»Ach ja!« Aus allertiefstem Herzensgrund kam Friedes Seufzer, und seine blauen Augen sprachen so deutlich: »Ich möchte hier bleiben,« daß der Professor erst gar nicht darum zu fragen brauchte. Er rief lachend: »Ja, Friede Heller, ich glaube wirklich, du bleibst lieber bei mir und magst nicht zu den Wunderlichs hinüber!«

Friede nickte strahlend, hoffnungsfroh: »Ich blieb' so gern, ach furchtbar gern.«

»Aber Fräulein Wunderlich, was wird sie sagen?« Der alte Herr sah bedenklich aus.

»Ach, sie ist sicher sehr froh, wenn ich nicht komme,« rief Friede aufgeregt. »Ich mache doch Schmutztapsen auf der Treppe und bin laut und ärgere sie und – –«

»Na, du hast es ja gut vor! Bist du so ein Schelm?« fragte der Professor lachend. »Wir wollen uns einmal die Sache überlegen. Jetzt ruft uns Frau Emma zu Tisch, und ich denke, wir haben beide Hunger.«

Friede spürte zwar keinen Hunger. In der Freude seines

Herzens aber sauste er im Oberheudorfer Geschwindschritt die Treppe hinab. Das Speisezimmer lag im Erdgeschoß. Es ging trapp, trapp, trapp. Auf der vorletzten Stufe verlor er das Gleichgewicht, und mit lautem Gepolter sauste er in die Töpfe, Kannen und Teller hinein, die noch immer auf dem Flur standen. Klirr, krach, zersprang Muhme Reses Kaffeetopf in tausend Scherben, und Waldbauers einstige Staatskanne kollerte dem Professor vor die Füße, während der Kuchenteller, der einst im Schulzenhause Prunkstück gewesen war, den ganzen Flur entlang rollte.

»Erbarm dich, Junge!« rief Frau Emma. »Wenn du so toben willst, dann wird dich drüben Fräulein Wunderlich gut ansehen!«

»Da ist's wohl besser, er bleibt hier bei uns, nicht wahr, Frau Emma?« meinte der Professor und sah lächelnd, prüfend in Friedes Gesicht.

»Na allemal,« rief die Gärtnersfrau. »Ist doch was Junges im Haus!«

Friede war sehr verlegen geworden. »Ich kann auch leiser gehen,« stotterte er beschämt und trat zur Seite, und klirr, ging Kaspars auf dem Berge alter Bierkrug völlig auseinander; Friede war gerade darauf getreten. Da nahm der Professor den Buben gütig an der Hand und zog ihn mit in das Eßzimmer hinein. »Ich sehe schon, es hilft nichts; ich muß nachher hinüber gehen und dich von den Wunderlichs losbitten. Ich werde ihnen sagen, daß du ein ganz schlimmer Bube bist und alle Oberheudorfer Altertümer zertreten hast.«

Das Losbitten war nicht leicht. Im Musikzimmer des Organistenhauses brachte der Professor seine Bitte vor, und Fräulein Wunderlich sah trübe drein. Einstmals hatte sie sich gesträubt, den Oberheudorfer Buben in ihr Haus zu nehmen, nun tat es ihr bitter leid, daß er nicht kommen wollte.

»Ich würde so gut zu ihm sein,« sagte sie traurig; »aber freilich, Liebe läßt sich nicht erzwingen.«

»Aber erwerben! Wir wollen uns teilen,« gab Herr von Spiegel zur Antwort. »Friede soll bei mir und hier zu Hause sein. Er soll oft, oft zu den guten Nachbarn gehen.«

»Er darf auch poltern und mal ein rechter Oberheudorfer Bube sein,« rief das Fräulein halb lachend, halb wehmütig.

»Er hat's schon gut, der Junge,« sagte Herr Wunderlich heiter. »Erst mochte ihn niemand leiden, nun streiten sich gar zwei um ihn. Aber was ist das?« Er deutete auf den Johannesplan, den man durch das Fenster sehen konnte. Da stand Friede mit Jobst und den Geschwistern Sonntag, und alle vier lachten laut und herzlich; der ganze Platz schien mitzulachen. Das Füchslein hopste vor Vergnügen immer von einem Bein auf das andere. Es schwenkte einen Brief hin und her, und sein helles Stimmlein drang zu den drei alten Leuten in das Zimmer hinein: »Oh! Heine Peterle ist zu ulkig. Ach, ich muß nach Oberheudorf, ich muß Heine Peterle sehen!«

»Wir auch, wir auch,« brüllten die Buben.

»Freundschaft überall,« sagte Herr von Spiegel, nickte heiter und rief seinen Pflegesohn herbei. Die Kinder kamen eilig an, und Friedes Augen strahlten hell, als er erfuhr, daß ihm das Spiegelhaus weiter Heimat sein sollte. Fräulein Wunderlichs Gesicht wurde ernst, ja finster; des Buben Freude tat ihr bitter weh. Der Professor merkte es, und rasch sagte er: »Zeig mal Heine Peterles Brief.« Und während die alte Freundin las, erzählte er von den Oberheudorfer Altertümern, und allgemach wurden die Kummerfalten in Fräulein Wunderlichs Gesicht wieder glatt. Ein Lachen zuckte um ihren Mund, und zuletzt lachte sie mit den Kindern um die Wette. Draußen hörte es Marie und wurde auch angesteckt, und die Wände des alten Hauses wunderten sich über das frohe herzliche Lachen. So etwas hatten sie lange, lange nicht gehört!

Die Denkmalsbuben von Schwipperlingen.

Wenn die Oberheudorfer Buben und Mädel gar so stolz und aufgebläht von ihren Stadtbesuchen sprachen, dann sagte wohl Schuster Pechdraht, der gern ein wenig neckte: »Aber in Schwipperlingen waret ihr doch noch nicht.«

Das stimmte. In Schwipperlingen war noch keins der Kinder gewesen, und dann ärgerten sie sich jedesmal, wenn es der Schuster sagte. Das Städtchen lag nicht viel weiter von Oberheudorf entfernt als Feldburg, aber der Weg dahin war etwas beschwerlicher. Außerdem gingen die Oberheudorfer seit vielen Jahren nach Feldburg, denn Schwipperlingen hatte früher einem andern Fürstentum angehört, und die ältesten Leute sagten noch immer: »Schwipperlingen liegt im Ausland.«

An einem Samstagnachmittag nun marschierten etliche Buben und Mädel an des Schusters Haus vorbei und machten so viel Geschrei und Geträtsch, daß der Schuster zum Fenster hinaussah und ein bißchen ärgerlich sagte: »Na, was habt ihr denn wieder?«

»Anton Friedlich und der dicke Friede verreisen,« schrien etliche Buben.

»Verreisen? So, wohin denn? Was haben denn dumme Buben zu verreisen?«

»Nach Schwipperlingen geht's,« rief Anton Friedlich keck, den die dummen Buben erbosten.

Die andern Kinder lachten, und Schuster Pechdraht ärgerte sich über die Antwort. Er klappte das Fenster zu und schalt: »In Schwipperlingen können sie euch gar nicht gebrauchen.«

»Jetzt hat er's! Warum neckt er uns immer,« rief Anton Friedlich stolz.

»Am Ende denkt er gar, ihr geht nach Schwipperlingen,« kicherte Schulzens Röse, und das kam allen so komisch vor, daß sie zusammen in ein lautes Gelächter ausbrachen.

Anton Friedlich sollte im Forsthaus Hirschsprung seine Muhme, seines Vaters Schwester, besuchen, und da diese Muhme auch des dicken Friedes Muhme war, durfte der mit. Bis zu dem Forsthaus hatten sie etwa zwei Stunden zu gehen, und da sie dort übernachten durften, machten sie natürlich eine Reise. Wenn einer aber eine Reise macht, geben ihm gute Freunde bis zum Bahnhof das Geleit. Da es in Oberheudorf aber keinen Bahnhof gab, liefen die Kinder wenigstens bis zum Kuhberger Walde mit. Dort wurde Abschied genommen, und der dicke Friede seufzte dabei schwer.

»Warum stöhnste denn?« forschte Annchen Amsee.

»Ich mag nich verreisen,« brummte Friede.

»Komm nur, Dicker,« redete Anton Friedlich zu, dem es allein zu langweilig war. »Komm, wir gehen nach Schwipperlingen.«

»Fein, nach Schwipperlingen!« riefen alle, und Heine Peterle sagte: »Na, dann möchte Schuster Pechdraht aber staunen, puh! Viel Vergnügen in Schwipperlingen!«

Lachend trennten sich die Kinder, und der dicke Friede sah den Zurückbleibenden noch ein Weilchen sehnsüchtig nach. Er hatte wirklich keine große Lust, die Muhme zu besuchen.

»Nach Schwipperlingen gingste wohl lieber?« fragte Anton neckend.

»Freilich, gleich,« knurrte Friede.

Anton Friedlich blieb stehen. Lust zu dummen Streichen

hatte er allemal, und plötzlich erschien es ihm sehr lustig, sehr verlockend, nach Schwipperlingen zu gehen. Warum eigentlich nicht? Wenn er nicht kam, würde sich die Muhme nicht sorgen, denn sie wußte nichts von dem Besuch. Und daheim dachten sie, er sei im Forsthaus. »Du, Dicker,« sagte er atemlos vor Aufregung, »komm, wir beide gehen jetzt nach Schwipperlingen!«

Der dicke Friede blieb stehen und sah den Vetter verdutzt an. Meinte der es ernst? Aber Anton meinte es wirklich ernst. »Komm,« drängte er, »erst gehen wir nach Schwipperlingen und morgen früh zur Muhme. Du, dann sind wir zuerst in Schwipperlingen gewesen. Paß auf, dort ist's gar noch feiner als in Feldburg!«

Friede seufzte und dachte nach. »Hm – aber wenn wir Hunger kriegen!«

»Oh, ich hab' Kuchen mit.« Anton Friedlich schwenkte ein rotes Taschentuchbündel. Der Kuchen war zwar für die Muhme bestimmt, aber der Bube dachte leichtsinnig: »Alles essen wir ja nicht auf.«

Friede war einverstanden und sagte vergnügt: »Na, die werden staunen!«

»Hoi,« schrie Anton begeistert, »und wir tun uns aber nachher! Und vielleicht hat Schwipperlingen auch ein Schloß.«

»Oder zwei Schlösser, und vielleicht ist gerade Vogelschießen dort,« orakelte der dicke Friede. Er fing an, schnell zu laufen. Jetzt freute ihn die Reise erst recht.

Der Weg ging bergauf und bergabwärts wie alle Wege von Oberheudorf aus. Lange wanderten die Buben durch den Wald, der in seiner frühlingsfrischen Pracht wunderschön war; aber dafür hatten die Buben keinen Sinn an diesem Tag. Sie redeten nur von Schwipperlingen. Wenn sich ein grünes Tälchen vor ihnen auftat und ein kleiner Bach glucksend an ihnen vorbeirann, dachten sie an Schwipperlingen, und wenn sie einen Berg hinaufstiegen, sagten sie zueinander: »Vielleicht sehen wir bald Schwipperlingen liegen.«

So rasch fanden die Bubenbeine aber doch nicht den Weg in das Städtchen. Er dehnte sich gar lang, und da die Wegweiser selten waren, machten die Wanderer auch manchen Umweg. Antons Kuchenbündel wurde immer leichter, und doch behauptete Friede ein paarmal: »Ich habe Hunger!« Er sagte auch: »Ich bin müde,« und Anton Friedlich sagte ihm das nach. Da rasteten sie denn am Wege, und es wäre ihnen recht lieb gewesen, wenn jemand sie nach Schwipperlingen gefahren hätte. Ein Bauer kam auch mit einem leeren Wagen an. Der fragte aber so genau nach dem »Woher« und »Wohin«, daß es den beiden Ausreißern himmelangst wurde, und darum antworteten sie auf seine Frage: »Wollt ihr mit?« rasch: »Nä, danke schön, wir gehen lieber.«

Das kam dem Bauern seltsam vor, und er forschte: »Was habt ihr denn in Schwipperlingen zu tun?«

»Du, Friede,« tuschelte Anton Friedlich, »komm, wir reißen aus!«

Friede, dem es ohnehin bänglich zumute war, nickte: »Ja, komm!« Und heidi – sprangen alle beide auf und rasten davon.

»Holla, heda, was soll das?« schrie der Bauer ihnen überrascht nach, aber er konnte viel rufen; die beiden liefen in schnellstem Lauf in den nahen Wald hinein.

»Die haben was angestellt,« dachte er und schaute sich um. Da sah er ein rotes Bündel im Grase liegen. Anton Friedlich hatte das Kuchenbündel vergessen. »Na wartet,« brummte das Bäuerlein, »das sollt ihr suchen, ihr Schelme. Wer weiß, wo ihr das hergenommen habt!« Er trug das Bündel in seinen Wagen und fuhr von dannen, und zwei paar Bubenaugen sahen ihm aus dem Walde traurig nach.

»Er nimmt's mit,« schluchzte der dicke Friede. »Oh, ich hab' solchen Hunger!«

»Schrei nich,« tröstete Anton Friedlich. »Ich hab' zwei Groschen; da können wir uns in Schwipperlingen sattessen.«

»Wenn's nur nicht so weit wäre,« seufzte der dicke Friede. Er trabte aber doch tapfer der Stadt zu, von der jetzt die ersten Türme in der Ferne aufstiegen. Die beiden gingen sehr vorsichtig auf dem schmalen Fußweg entlang; sie sahen sich ängstlich nach allen Seiten um, ja sogar in die Kirschbäume am Wege sahen sie hinauf, ob sich nicht etwa der Bauer mit seinem Wagen auf einen Baum gesetzt hätte. Zu dumm war es; aber immer redete da leise und eindringlich eine Stimme in den Herzen der Buben: »Wärt ihr nur zur Muhme gegangen, ihr seid auf falschem Wege.« Keiner wollte es dem andern sagen, wie unbehaglich es ihm eigentlich zumute war, und namentlich Anton Friedlich redete immer laut und dreist von der Stadt. Friede war stiller und bedrückter.

Der Frühlingstag war schon müde geworden, und der Abend stand da, bereit, ihn in seine Arme zu nehmen, da gelangten die beiden endlich nach Schwipperlingen. Die kleine Stadt schmiegte sich in ein enges Tal, und da sie nicht Platz darin hatte, waren kleine Häuser und ein paar helle Villen zu beiden Seiten die Berge hinaufgelaufen. Wie Feldburg hatte auch Schwipperlingen noch alte Häuser und Mauerreste aus vergangenen Zeiten, und zwei Kirchtürme, der eine spitz und schlank, der andere rund und dick, ragten aus dem Häusergewirr auf; von einem Schloß war nichts zu sehen. Dafür sahen die Buben aber etwas anderes, was ihnen so seltsam festlich und feierlich vorkam, daß sie erst zögerten, in die Stadt hineinzugehen. Die Häuser waren mit bunten Fahnen geschmückt, die im Abendwind lustig flatterten. Dazu hingen Kränze und Girlanden von den Fenstern herab, und über ein paar Straßen waren grüne Bogen gespannt. Wer an diesem Frühlingsabend in Schwipperlingen gesund und lustig war, der wanderte durch die Straßen und freute sich mit den andern an dem heiteren Schmuck, und so zogen durch die sonst so stillen Straßen ganze Scharen froher, lachender und singender Menschen. Den beiden Dorfbuben gefiel das sehr gut, und eine Weile vergaßen sie Müdigkeit und Angst, so viel gab es zu schauen.

»Siehste,« sagte Anton Friedlich stolz, »sie haben Vogelschießen, fein, nich?«

»Jaaah.« Friede fuhr nachdenklich mit der Hand in seine Hosentasche. »Du,« brummelte er, »wir haben aber kein Geld!«

Anton erschrak. Ja freilich, zum Vogelschießen gehört Geld, und er hatte nur zwanzig Pfennig, und – Hunger hatte er auch. »Wenn wir nur den Kuchen hätten!« seufzte er.

»Da – – ist der Bauer.« Friede stieß plötzlich den Vetter an. Richtig, da hielt der Bauer vor einem Hause und sprach mit einem Mann.

»Er sieht uns nicht,« flüsterte Anton; aber gerade da wendete sich der Bauer um und schaute dorthin, wo die beiden Buben standen. Heisa! waren die um eine Ecke herum verschwunden, und ein paar Minuten lang liefen sie, ohne sich umzusehen durch die Straßen. Die Angst, entdeckt zu werden, trieb sie vorwärts. Aber der Bauer verfolgte sie nicht, und so blieben sie wieder stehen. Die Straße, die sie entlang gelaufen waren, mündete auf einen von Häusern umstandenen Platz. Auf dem stand in der Mitte ein großer Bretterverschlag.

»Dort bauen sie 'n Karussell,« rief Anton.

Aber Friede sah kaum hin; ihm war plötzlich etwas eingefallen. »Du,« sagte er ängstlich, »wo schlafen wir denn?«

Anton Friedlich vergaß den Bretterverschlag, die geschmückte Stadt, alles. Er blickte sich scheu um. Es war schon ziemlich dunkel geworden; nur kurze Zeit noch, dann war es Nacht. Was taten sie dann?

»Ich hab' Hunger,« klagte der dicke Friede, der mehr und mehr die Lust verlor, sich die Fahnen und Girlanden anzusehen. Die vielen, vielen Menschen auf den Straßen wurden ihm immer unheimlicher, und eine heiße Sehnsucht nach Oberheudorf packte ihn. Dort brauchte er nicht zu hungern, dort stand sein Bett, dort –

»Dort kommt er wieder,« tuschelte Anton Friedlich aufgeregt. Ein Wagen rollte die Straße entlang, und die Buben rissen aus, obgleich sie in der immer tiefer werdenden Dämmerung gar nicht erkannten, ob es der Bauer war, den sie auf der Landstraße getroffen hatten.

»Ich hab' Hunger,« klagte Friede nach einem Weilchen wieder, und der Vetter nahm trotzig seine beiden Groschen aus der Tasche und tröstete: »Wir kaufen uns was, dort ist ein Laden.« Er zog Friede mit über die Straße und blieb vor einem hellerleuchteten kleinen Laden stehen. Im Schaufenster lagen allerlei gute Dinge: Wurst, Käse, Früchte; alles sah sehr verlockend aus, und den hungrigen Buben lief das Wasser im Munde zusammen.

»So'ne Fische sind fein,« sagte Friede und deutete auf geräucherte Aale. Einmal hatte die Mutter so einen Fisch aus der Stadt mitgebracht.

Der Kaufmann öffnete seine Türe, sah die Straßen entlang, und als er die beiden Buben erblickte, fragte er: »Wollt ihr noch was kaufen, dann sputet euch. Jetzt wird zugemacht.«

»Ja, so'n Fisch,« flüsterte Anton verlegen und deutete auf

den größten fetten Aal.

»Na, dann kommt nur herein. Habt ihr Geld?«

»Ja.« Stolz reichte Anton Friedlich seine Groschen hin, und Friede bewunderte heimlich des Vetters Kühnheit. Der tat auch, als wäre er schon wer weiß wie oft in der Stadt gewesen. Der Kaufmann sah die beiden Groschen an und lachte. »Das ist zu wenig, dafür bekommst du nur zwei von dieser Sorte; sind auch gut, sind sogar sehr fein.« Er wickelte zwei große Bücklinge ein und reichte sie den Buben. »Laßt's euch gut schmecken. Und nun geht, ich muß meinen Laden schließen.«

Die beiden standen draußen und wußten kaum, wie sie hinausgekommen waren. Und hinter ihnen schloß der Kaufmann rasselnd seinen Laden. »Mein Geld,« schrie Anton Friedlich erschrocken, »ich will die Fische nicht.«

Er konnte aber lange rufen, das Geschäft war zu, und niemand kümmerte sich um seine Klage. Nur ein paar Vorübergehende sahen sich nach den Buben um, und das war denen so unheimlich, daß sie weiter liefen. Sie rannten mit ihren Fischen straßauf, straßab; sie wußten nicht, wo sie sich hinsetzen und bleiben sollten. Jeder Mensch, den sie trafen, schien sie mit strengen, musternden Blicken anzusehen, und mit gesenkten Köpfen rannten sie weiter. Endlich gelangten sie wieder auf den Platz, auf dem die Bretterbude stand. Die Menschen waren inzwischen alle in ihre Häuser gegangen, und der ganze Platz lag öde und verlassen da. »Weißte was,« tuschelte Anton Friedlich, »wir kriechen in die Bude rein.«

»Hm,« knurrte der dicke Friede nur noch. Er war so müde geworden, daß er kaum noch die Augen aufhalten konnte. Stumm stolperte er hinter dem Vetter drein, und zweimal liefen sie um die Bretterbude herum, ehe sie eine lose Planke entdeckten und da hineinschlüpfen konnten. Innen war es ganz still, nichts rührte und regte sich. Wie ein Karussell sah es eigentlich nicht aus; nur in der Mitte stand ein großer verhüllter Gegenstand.

Anton guckte zaghaft unter das verhüllende Tuch und entdeckte ein paar Pferdebeine. Erst erschrak er. Da die Beine sich aber nicht bewegten und der Dorfbube vor Pferden keine Angst hatte, tippte er vorsichtig daran und fühlte, daß die Beine hart und kalt waren. »Siehste,« sagte er stolz, »das ist'n Karussell, und morgen ist Vogelschießen und –«

»Ich hab' Hunger,« seufzte Friede und aß dann schon halb schlafend den einen der teuer erkauften Fische auf. Der schmeckte ihm nicht sonderlich, und das Loch in seinem Magen füllte er auch nicht aus. Aber vor Müdigkeit vergaß er zuletzt auch seinen Hunger. Am Boden lagen ein paar leere Säcke. Sie gaben zwar ein hartes Lager ab, es war aber doch ein Lager. Die Buben dachten nicht mehr weiter darüber nach, was morgen sein würde; sie streckten sich aus und schliefen schon ein, während sie sich noch reckten und dehnten. Über ihnen summte und surrte von Stunde zu Stunde laut eine große Kirchenglocke, aber die beiden wachten davon nicht auf, sie schliefen auf ihrem harten Lager bis zum lichten Morgen.

Anton Friedlich wachte zuerst auf. Ganz deutlich hatte er laute Stimmen neben sich vernommen. Schlaftrunken rieb er sich die Augen, und erst allmählich fiel ihm ein, daß er ja in Schwipperlingen war und nicht daheim. Der dicke Friede schnarchte noch mit offenem Munde, und Anton wollte ihn gerade mit lautem Zuruf wecken, als in allernächster Nähe eine Stimme sagte: »Jetzt schnell runter mit dem Gerüst, damit Ordnung wird.« Und krach schlug es an die Bretterplanke.

»Friede,« flüsterte Anton ängstlich, »komm, sie hauen 's Karussell ab.«

Friede richtete sich auf und sah sich schlaftrunken um. Da krachte es wieder auf der andern Seite, und mit Getöse fiel die halbe Wand um. »Hier unters Tuch!« wisperte Anton leise. Er zog den Vetter rasch mit sich, und beide schlüpften unter die Leinwand. Gerade zur rechten Zeit. Wieder fiel eine Planke um, und durch einen Ritz sah Anton ein paar Männer, die eifrig daran gingen, das ganze Holzgerüst einzureißen. »Ih, das ist doch aber abscheulich,« sagte der eine plötzlich laut und zornig. »Was ist das! Hier hat jemand Fischköpfe und Gräten hingeworfen. Na, den sollte ich erwischen, dem ging's schlecht!«

Den Buben wurde es heiß und kalt bei dieser Drohung, und ängstlich schmiegten sie sich dicht aneinander an, sie wagten kaum zu atmen. Die Männer rissen unterdessen das Brettergerüst ein, räumten Schutt und die Säcke weg und spannten ein Seil um das verhüllte Pferd. Dann fingen die Kirchenglocken an zu dröhnen und zu singen, und Menschen eilten über den Platz der nahen Kirche zu. Ein paar sehr stattlich aussehende Polizisten kamen und schritten immer auf und ab, und wenn jemand näher kam, dann riefen sie: »Platz da, am Denkmal darf niemand stehen.«

»Bumbum, bumbum, ratata, ratara,« ertönte es auf einmal, und die Schwipperlinger Straßenbuben schrieen: »Sie kommen, sie kommen.«

»'s ist doch Vogelschießen,« flüsterte Anton dem Vetter zu. »Wenn sie jetzt mal nich hinsehen, reißen wir aus!« Aber es war wie verhext. Alle schauten immer nach dem verhüllten Ding hin; es war, als hätten sie gar nichts anders zu sehen. Durch ein paar Ritzen und Löcher konnten die Buben alles ganz gut überschauen. Eigentlich war es ein ganz feiner Platz, den sie hatten. Wenn nur Furcht und Hunger nicht gewesen wären; das waren ein paar ungute Gesellen, welche die beiden Oberheudorfer Ausreißer tüchtig zwickten und zwackten.

»Bumbum, bumbum, ratabum, ratara.« Immer näher kam

die Musik, und wieder schrieen die Schwipperlinger Buben: »Sie kommen, sie kommen!« Alle Hälse reckten sich, alle Augen richteten sich auf die eine breite, auf den Platz mündende Straße. Von dort her kam jetzt ein langer Zug, weißgekleidete Mädchen voran, dann viele Männer, die Fahnen trugen, Musikanten, dann eine Anzahl Buben in einer wunderlichen Tracht, und alle diese Leute stellten sich in einem großen Halbkreis auf, und aus ihrer Mitte schritt ein Herr heraus und trat auf das verhüllte Ding zu.

»Der kriecht auch hier unter,« tuschelte Anton aufgeregt. Aber das tat der Herr nun nicht. Er stellte sich auf einen hohen mit Girlanden und buntem Tuch geschmückten Block, die Musik machte noch einmal »ratabum ratara,« dann war alles still. Nur der Herr auf dem Block sprach. Er erzählte eine Geschichte, gerade so eine Geschichte, wie sie manchmal in Oberheudorf der Herr Lehrer erzählte. Da wurde einmal in Schwipperlingen ein Mann geboren, der später ein gar berühmter Feldherr geworden war. Den Buben in ihrem Versteck schlug ordentlich das Herz, als der Herr von den Heldentaten dieses Mannes erzählte. In schweren Zeiten der Not hatte der treu und fest zu seinem Vaterland gestanden, und noch heute lebte sein Andenken in aller Herzen. »Und dieser Mann war ein Schwipperlinger,« rief der schwarzgekleidete Herr, »er lebt noch in unseren Herzen, aber wir wollen auch immer sein Bild vor Augen haben. Schwipperlingen ehrt seinen großen Sohn. Heute an dem Tag, an dem er vor 150 Jahren in dieser Stadt geboren wurde, falle die Hülle von seinem Denkmal!«

»Bumbum, bumbum, ratabum, ratara,« fiel die Musik ein. Ein paar Männer zogen, und klatsch – fielen die Hüllen vom Denkmal.

»Ah,« riefen alle, und dann ertönte jäh ein einziger lauter Schrei des Entsetzens. Totenbleich lehnten rechts und links an dem Pferde des großen Feldherrn die beiden

Oberheudorfer Buben.

»So eine Frechheit! Unerhört!« brüllten ein paar hundert Stimmen, und der Herr, der die Rede gehalten hatte, drehte sich erschrocken um. Dabei verlor er das Gleichgewicht und purzelte von seinem hohen Kasten herunter. »Was ist das, was ist das?« rief er.

»Eine Frechheit, eine Frechheit!« riefen die Zuschauer.

»Ein Hinfall,« schrie einer, der gern Witze machte.

Aber schon waren ein paar Polizisten herzugesprungen. Der eine faßte Anton, der andere Friede am Kragen, und die beiden wurden unter johlendem Geschrei von dem Denkmal weggezogen.

»Haue müssen sie haben,« rief jemand, und gleich schrieen zwanzig, dreißig Stimmen nach: »Haue müssen sie haben.«

»Bumbum, bumratabum, ratara,« fiel die Musik wieder ein. Der Dirigent hatte gar nichts von den Buben gesehen; er dachte nur, jetzt ist es Zeit, daß ich mal wieder eins blasen lasse.

»Hurra, hurra, hurra,« brüllte die Menge. Hüte und Tücher wurden geschwenkt. Dazwischen riefen wieder etliche: »Die frechen Buben müssen tüchtig verhauen werden.«

»Schwipperlinger sind's nicht, die tun nie so was,« kreischten ein paar Stimmen. »Wer weiß, wo die her sind!«

Anton und Friede waren halbtot vor Angst, als sie von den Polizisten weggeschleppt wurden. Sie sahen viele Augen drohend auf sich gerichtet und meinten, alle diese Menschen wollten sie schlagen. Das Schreien, die Musik, das ganze wilde Getöse verwirrte sie so, daß sie sich ziehen und schubsen ließen und keinen Laut von sich gaben. Die Polizisten kamen aber auch schwer mit ihnen durch das Gedränge. Viele Zuschauer dachten gar nicht mehr an das Denkmal, an den Festzug und die schöne Rede. Die Frage, woher eigentlich die beiden Buben gekommen waren, erschien ihnen viel wichtiger. Namentlich alle Schwipperlinger Straßenjungen hatten das allergrößte Interesse an Friede und Anton. Sie liefen immer hinterdrein und jauchzten: »Das sind die Enthüllten, das sind die Denkmalsjungen, hurra, die Denkmalsbuben!«

Endlich war die Polizeiwache erreicht, und ein gestrenger Oberwachtmeister empfing die Missetäter. Er sah sie drohend an und fragte barsch: »Warum habt ihr euch an das Denkmal gesetzt?«

»Weil – weil – weil – wir – dachten – 's wär 'n Karussell,« schluchzte Anton Friedlich. Der dicke Friede sagte gar nichts, der heulte nur.

»Ein – Karussell?« Der Oberwachtmeister sah die Polizisten an. Er tippte mit der Hand an die Stirn, und die

164

Polizisten nickten. Ja, es schien ihnen auch so, als wären die Buben nicht recht bei Verstand.

»Hm.« Der Oberwachtmeister wurde freundlicher. »Woher seid ihr denn?«

»Mit Verlaub, ich glaube, die sind irgendwo ausgerissen,« rief da eine Stimme. Der Bauer, dem die Buben am Tage vorher begegnet waren, hatte die Wachtstube betreten. In der Hand hielt er Antons rotes Kuchenbündel. »Das da haben sie liegen lassen, und so was läßt doch nur einer liegen, der ein schlechtes Gewissen hat!«

»Ich hab' Hunger,« schrie der dicke Friede plötzlich aufgeregt beim Anblick des Kuchenbündels, und »knurrrknurrr« knurrte sein Mäglein so laut, daß sich alle in der Wachtstube erstaunt ansahen. So etwas hatten sie noch gar nicht gehört.

»Potzwetter ja,« rief der Oberwachtmeister, »Hunger hat der Bube anscheinend wirklich.« Dann fiel ihm etwas ein. Er schüttelte Friede an den Schultern und sagte streng: »Jetzt erzählst du mir alles, woher ihr kommt, warum ihr an dem Denkmal gesessen seid, und wenn du in fünf Minuten fertig bist und nicht dabei heulst wie ein Schloßhund, bekommst du eine Butterschnitte.«

Das war ein Wort! Hätte der Wachtmeister dem Buben eine goldene Königskrone versprochen, das Erzählen wäre nicht so fix gegangen. Aber die Sehnsucht nach der Butterschnitte war riesengroß, und der dicke Friede wurde darüber ordentlich gesprächig. In drei Minuten wußten sie in der Wachtstube alles, selbst den Fischkauf verschwieg Friede nicht, und daß sie gedacht hätten, es wäre Vogelschießen, und das Denkmal sei ein Karussell.

»Ihr wißt wohl gar nicht, was ein Denkmal ist?« fragte der Oberwachtmeister kopfschüttelnd.

»Nä,« sagte Friede treuherzig, »in Oberheudorf ist so was

nich!«

»Das glaube ich!« Der Herr Oberwachtmeister lächelte. »Oberheudorf und Schwipperlingen, das ist auch ein Unterschied. Also da habt ihr jeder eine Butterschnitte. 's ist mein Frühstück, aber mein Magen knurrt nicht so arg, und dann macht, daß ihr heimkommt. Eigentlich habt ihr Strafe verdient, denn ihr habt die ganze Feierlichkeit gestört. Die ausgestandene Angst ist aber auch eine Strafe gewesen. Höfer, bringen Sie die Buben an die Stadtgrenze.«

Von einem Schutzmann geleitet, aus der Stadt gebracht zu werden, war wirklich keine Ehre und kein Vergnügen. Die Buben büßten auf dem Gang noch einmal bitter ihr heimliches Davonlaufen. Es war wirklich, als hätten die unnützen Schwipperlinger Buben und Mädel nichts weiter zu tun, als immer nur über die Denkmalsbuben zu spotten und zu lachen. Ach, und Schwipperlingen, das nur ein kleines Städtchen war, erschien den beiden riesengroß. Immer wieder gab es Straßen und Häuser, und die Schwipperlinger waren so schrecklich neugierig. Im allerletzten Haus noch guckte eine Frau aus dem Fenster heraus und rief: »Was haben denn die gemacht?«

»Das sind die Enthüllten, die Denkmalsbuben,« schrieen ein paar Straßenjungen, und das Wort gellte Anton und Friede noch eine ganze Weile nach, als das Städtchen schon hinter ihnen lag. Anfangs liefen sie wie ein paar Rennpferde, und erst als die Stadt ganz in der Ferne verschwunden war, setzten sie sich an den Straßenrand, aßen ihren Kuchen und redeten ganz trübselig von der Heimkehr.

»Weißte,« sagte Anton Friedlich, als er den letzten Bissen verschluckt hatte, »wir tun, als wär's furchtbar lustig gewesen. Vom dummen Denkmal sagen wir gar nichts.«

Der dicke Friede seufzte tief. Das Lustigsein erschien ihm eine schwere Arbeit. Freilich, vor dem Ausgelachtwerden fürchtete er sich auch, und so versprach er denn, er wolle ein lustiges Gesicht machen. Er probierte es schon unterwegs, bald zog er den Mund ganz breit, dann wieder lachte er laut, und ein paar Landleute, die den Buben begegneten, fragten ängstlich: »Der Dicke ist wohl krank?«

»Jetzt kannste's schon,« rief Anton Friedlich froh, als die Oberheudorfer Kirchturmspitze vor beiden auftauchte. »Paß auf, es merkt niemand was!«

Das Dorf lag im Sonntagsfrieden, als die beiden es erreichten. Alle Arbeit ruhte, und vor den Türen saßen die Erwachsenen und freuten sich an dem Sonnenschein und an dem Blühen in ihren kleinen Gärten. Um den Dorfbrunnen herum aber lärmten mal wieder die Buben und Mädel. Sie spielten Räuber und Prinzessin, und Krämers Trude saß als Prinzessin auf dem Brunnenrand und sah zu, wie sich ihre Getreuen mit den Räubern herumbalgten. Es war immer eine gefährliche Sache, als Prinzessin auf dem Brunnenrand zu sitzen. Denn schon manche Prinzessin war im stürmischen Kampf in den Trog geplumpst, und Krämers Trude sah auch ziemlich ängstlich drein und dachte: »Vielleicht plumpse ich auch.«

Just als nun die Räuber angerast kamen und die Ritter die Prinzessin verteidigen wollten, stolperten Anton Friedlich und der dicke Friede müde und matt die Dorfstraße entlang. »Da sind die feigen Ausreißer,« schrie Heine Peterle und schwenkte drohend seinen Holzpantoffel, und Schulzens Jakob stakerte mit seiner Bohnenstange in der Luft herum und brüllte, so laut er konnte: »Nieder mit den Ausreißern, nieder mit den feigen Hallunken!«

»Na, das ist doch zu frech,« schrie Anton Friedlich erbost. »Wir sind keine Hallunken, und in Schwipperlingen war's fein!« Er entriß Heine Peterle zornig den Holzpantoffel, und es hätte sicher eine Balgerei gegeben, wenn der dicke Friede nicht mutig geschrieen hätte: »Wir waren in Schwipperlingen!«

Ritter und Räuber vergaßen ihre Kampfeslust, die Prinzessin rutschte vom Brunnenrand herab, und alle umdrängten neugierig die Heimkehrenden. »Warum seid ihr in Schwipperlingen gewesen? Wie war's denn? Erzählt doch!«

Anton Friedlich war schon wieder friedlich gesinnt. Er merkte, daß Heine Peterle und Jakob ihn gar nicht gemeint hatten, und stolz begann er zu erzählen. Er schwadronierte darauf los, schwatzte von den Schönheiten Schwipperlingens, und der dicke Friede riß den Mund vor Staunen weit auf. Nein, konnte der Vetter aber aufschneiden!

Wie ein paar Helden wurden die Buben geehrt. Das war noch einmal etwas: in Schwipperlingen war noch niemand von den Kindern gewesen! Ja sogar die Eltern schalten nicht so sehr. Heimlich sagte sogar Anton Friedlichs Vater zum Schulzen: »Sind doch ein paar tüchtige Buben! Laufen in eine fremde Stadt, als wär' das nichts. Ist ganz gut, wenn sie in den Städten merken, was wir Oberheudorfer für Leute sind.«

Drei Tage dauerte der Ruhm der Buben, und Anton Friedlich wurde immer kühner, immer frecher im Aufschneiden. Er wußte immer mehr von Schwipperlingen zu erzählen, und beim Heimweg umdrängten ihn stets alle Kinder neugierig. Nur von Schwipperlingen wollten sie hören, an Feldburg dachten sie kaum noch. Am dritten Tage aber, als die Kinder wieder auf der Dorfstraße lärmten, rief Schuster Pechdraht auf einmal: »Kommt her, ich will euch eine feine Geschichte vorlesen.«

Na, neugierig waren die Oberheudorfer Buben und Mädel alle, und sie überpurzelten sich beinahe, um nur rasch an das Schusterhaus zu kommen. Meister Pechdraht saß vor seiner Tür und hatte ein Zeitungsblatt in der Hand. »Stellt euch alle um mich herum; Anton Friedlich und du, dicker

Friede, ihr dürft euch neben mich setzen, ihr Schwipperlinger Helden ihr.«

Die beiden lachten stolz und blähten sich ordentlich auf; die andern sahen sie ganz ehrfürchtig an. Auch ein paar Mägde kamen angelaufen, selbst der Schulze und der Waldbauer, die gerade vorbeikamen, blieben stehen und fragten: »Was gibt's denn?«

»Hört nur zu, eine feine Geschichte gibt's,« sagte Meister Pechdraht und lachte so recht spöttisch; dann las er laut: »Die Denkmalsenthüllung in Schwipperlingen.« Nun bekamen der Anton und der Friede auf einmal rote Köpfe. Aber der Schuster schien das gar nicht zu merken, er las laut, wie man in Schwipperlingen die Stadt geschmückt hatte; die Rede des Bürgermeisters kam und dann – oh, wäre doch ein Mauseloch dagewesen für die beiden Schwipperlinger Helden. Da stand alles, ihre ganze Leidensgeschichte war berichtet worden, und zuletzt hieß es: »Hoffentlich sind die Oberheudorfer Buben nicht alle so dumm wie diese beiden.«

»Nä!« schrieen sämtliche Kinder entrüstet. Der Schulze aber schalt wütend: »Potzwetter, ihr Buben, was habt ihr angerichtet! Ihr bringt ja unser ganzes Dorf in Verruf. Na, wartet nur!«

Die beiden warteten aber nicht. Und so wütend die Kinder auf sie waren, durchschlüpfen ließen sie die Missetäter doch. Dann rannten freilich sämtliche Buben und Mädel hinter ihnen her und spotteten: »War's fein in Schwipperlingen? Erzählt doch von Schwipperlingen! Ha, die Denkmalsbuben!«

Die beiden hatten keine guten Tage, und sie wurden sehr kleinlaut und bescheiden in dieser Zeit. Wenn jetzt einer nur »Schwipp« sagte, dann huschten sie schon geschwind um die nächste Ecke herum. Aber auch die andern Kinder wollen nichts von Schwipperlingen wissen, und Schuster

Pechdraht kann zehnmal sagen: »Aber in Schwipperlingen waret ihr doch nicht,« sie machten sich nichts daraus, sie schrieen nur: »Nach Schwipperlingen gehen wir nicht, schwipp, schwapp, Feldburg ist besser!«

Sommerferienlust.

»Übermorgen gibt's Ferien, und Friede Heller kommt heim.« Die Oberheudorfer Buben und Mädel erzählten sich das nun schon zum hundertsten Male, und wenn nur ein Mensch in Oberheudorf gewesen wäre, der diese wichtige Sache nicht gewußt hatte, alle hätten es ihm gern nochmals und nochmals gesagt. Aber die Erwachsenen mochten gar nichts mehr von den Ferien hören. Hans Rumpf, der Nachtwächter, meinte sogar, es sei ein rechter Unsinn damit, doppelt Schule wäre richtiger. Nur Muhme Lenelies ließ sich immer wieder von den Ferien erzählen, und jedesmal freute sie sich und sagte auch: »Und Friede kommt heim.«

»Wenn er kommt, machen wir was,« erklärte Heine Peterle.

»Was denn?«

»Na, Musik oder so was. Wie wenn der Herzog kommt.«

»Laßt es lieber,« riet Muhme Lenelies. »Solche Überraschungen gehen manchmal verkehrt aus.«

Aber die Kinder hörten nicht auf den guten Rat. Traumfriede mußte feierlich empfangen werden, das stand fest. Aber wie? Anton Friedlich sagte: »Fahnen und Musik müßten wir haben, das ist fein.«

»So war's wohl in Schwipperlingen?« neckten etliche. Aber die Fahnen gefielen doch allen, nur – sie hatten keine. Die drei Fahnen, die manchmal an Festtagen das Dorf schmückten, bekamen die Kinder nicht, das wußten sie, auch ohne danach zu fragen. Sie rieten hin und her, bis auf einmal Schnipfelbauers Fritz rief: »Ich weiß was. Kathrine hat einen roten Rock und Mutter eine schwarze Schürze und ein weißes Tuch dazu; das ist wie 'ne Fahne.«

171

»Meine Mutter hat nur blaue Schürzen,« meinte der dicke Friede betrübt.

»Och, das schadet nicht,« schrie Anton Friedlich. »Fahne ist Fahne, 's kann auch blaue geben.«

»Und grüne und gelbe und rote und alle möglichen,« riefen die andern Kinder. Und jedem fiel ganz unversehens ein, aus was eine Fahne gemacht werden könnte. Es würde gewiß ganz wundervoll werden, und höchst befriedigt liefen alle heim.

Einen Tag vor Ferienanfang verschwanden den Bäuerinnen auf sehr geheimnisvolle Weise Schürzen, Röcke, Umschlagtücher, Bettlaken und ähnliche Dinge. Die meisten Hausfrauen merkten es gar nicht. Nur da, wo sich ein großes Suchen und Geschrei darum erhob, kamen die entschwundenen Sachen sehr geheimnisvoll wieder. So vermißte Muhme Rese plötzlich ihren neuen kornblumenblauen Sonntagsrock, worüber denn bald das ganze Haus in Aufregung geriet. Und auf einmal hing der Rock in der Federkammer, und kein Mensch wußte, wie er dahin gekommen war. Heine Peterle konnte nicht mal Antwort geben. Der Bube saß und lernte so eifrig; er schien nichts zu sehen und zu hören, und Muhme Rese dachte: »Er geht vielleicht doch noch auf die Stadtschule. So'n Fleiß ist noch gar nich dagewesen.«

Endlich war der letzte Schultag gekommen. Da an diesem Tage niemand zur Stadt fuhr, sollte Traumfriede zu Fuß heimkommen. Seine Sachen wollte Friede Hopserling am nächsten Tage mitbringen. Um zwölf Uhr wurde in Oberheudorf die Schule geschlossen, und die Kinder rechneten: »Erst ißt der Friede zu Mittag, dann läuft er vier Stunden, dann ist er da.« Sie fragten aber erst noch Muhme Lenelies: »Wann kommt er denn?«

»So um fünfe rum, denk' ich,« meinte die Muhme. »Aber Kinder, Kinder, macht nur keine Dummheiten.«

Hans Rumpf, der Nachtwächter, sah an diesem Tage alle Buben und Mädel auf eine am äußersten Ende des Dorfes gelegene Scheune zulaufen. Jedes trug geheimnisvoll ein Paket und eine Bohnenstange, und alle rannten scheu und heimlich hinter den Häusern vorbei. »Na warte, die haben einen dummen Streich vor,« dachte der Nachtwächter. »Da will ich mal aufpassen.« Er wanderte auch auf die Scheune zu, und als er hinkam, hörte er drinnen Geschwätz und Gelächter. »Was macht ihr da?« rief er und versuchte die Türe zu öffnen. Doch die ging nicht auf, sie wurde von innen zugehalten. Er bekam auch keine Antwort auf seine Frage, und so drohte er: »Ich werde euch schon erwischen, paßt nur auf; ich bleibe hier sitzen.«

Er setzte sich auf einen Baumstumpf am Scheuneneingang, zündete sich seine Pfeife an und wartete.

Innen schwatzte, lachte, polterte und lärmte es inzwischen ruhig weiter. Allmählich aber wurde es still und stiller, zuletzt schwieg alles. »Hei, nun möchten sie raus,« dachte der Nachtwächter. »Bleibt nur drinnen, ihr Mäuslein; ich erwische euch schon.« Er rauchte, betrachtete sich die Gegend und freute sich, daß er so ausnehmend klug war. Auf einmal ertönte vom Waldrand her ein lautes Geschrei. »Man sollte doch meinen, die Kinder wären's, wenn die nicht in der Scheune säßen,« dachte er und zündete sich eine neue Pfeife an.

Von Zeit zu Zeit lauschte er. In der Scheune blieb alles still. Aber aus der Ferne erklang immer wieder Lärm und Geschrei. »'s muß rein das Echo sein,« brummelte Hans Rumpf und zog sein Vesperbrot aus der Tasche, schmauste und rief dazwischen: »Na, ihr Mäuslein, wie gefällt's euch denn da drinnen?«

Keine Antwort kam aus der Scheune. Alles blieb still wie zuvor. Doch jetzt wurde es im Dorfe laut. Von den Feldern kamen die Männer heim, der Hirte trieb die Herde in das Dorf zurück, und die Abendglocke begann leise zu tönen und zu singen. Rufe erschallten vom Dorfe her, lauter und lauter erklangen sie, die Kinder wurden zum Abendessen gerufen. Endlich kamen ein paar Frauen angelaufen. »Hans Rumpf, hast du nicht unsere Buben und unsere Mädel gesehen?«

»Freilich, freilich!« Hans Rumpf nickte und lachte. Er deutete mit dem Pfeifenkopf auf die Scheune und sagte: »Da drinnen, alle sind drin. Sie haben 'ne Dummheit gemacht und trauen sich nicht raus!«

»Lieber Himmel, was das Kindervolk auch immer anstellt!« rief die Schulzenfrau. »Und sicher haben sie mir dazu wieder ein Bettuch von der Leine genommen; es fehlt eins.«

»Freilich, freilich, jedes hat'n Paket gehabt.« Hans Rumpf sah ordentlich stolz aus.

»Nä, aber so was! Fritze, komm 'raus! Je, der Bube hat am

174

Ende gar der Kathrine ihren roten Rock, um den die den ganzen Nachmittag heult,« schrie die Schnipfelbäuerin.

»Freilich, freilich, der Fritze hatte 'n rotes Paket.«

Ein paar Bauern, die vom Felde heimkehrten, blieben stehen. »Was gibt's?«

»Da drin sind alle Kinder; sie haben 'ne Dummheit gemacht,« erzählten die Frauen.

Die Schnipfelbäuerin klopfte an das Tor: »Komm 'raus, Fritze, geschwind!«

»Se haben Angst.« Hans Rumpf hielt sich den Bauch vor Lachen. »Ja mit mir ist nich gut Kirschen essen.«

»Jakob, Röse, kommt 'raus, flink!« Die Schulzenfrau rüttelte an dem Scheunentor, und das sperrte sich gar nicht. Es ging ganz gutwillig auf, und – die leere Scheune gähnte allen entgegen.

»Die sind hinten 'raus,« brummte ein Bauer und deutete auf das zweite gegenüberliegende Scheunentor, das weit offen stand.

»Ja, nä!« Hans Rumpf setzte sich vor lauter Erstaunen wieder auf seinen Baumstumpf. »So 'ne Frechheit!«

»Na, weißte, Nachtwächter,« sagte der Waldbauer lachend, »die wären arg dumm gewesen, wenn sie in der Scheune geblieben wären. Wo sind sie aber hin?«

»Am Walde hat's immer geschrien und gelacht!« Hans Rumpf sah sich kläglich um. »Vielleicht waren sie das?«

»Sicher,« riefen die Frauen, und Heine Peterles Mutter, die auch herbeigekommen war, meinte: »Die warten auf Muhme Lenelies' Friede; der soll heute heimkommen.«

Der Abendwind trug jetzt näherkommendes Stimmengewirr zu den Wartenden hin, und die sagten zueinander: »Sie kommen schon, das Warten wird ihnen zu lang.«

Wirklich, sie kamen auch. Der Abendbrothunger trieb sie heim. In langem Zuge kamen sie an, und die Frauen kreischten erschrocken auf: »Aber so etwas! Was haben sie denn da!«

Seltsame Fahnen flatterten im Winde, und die Bäuerinnen riefen entrüstet: »Das ist meine Schürze,« »Unsere Tischdecke,« »Kathrines Rock,« »Mein Umschlagtuch,« »Nä so was, das ist Vaters Taschentuch,« »Je, und meine blaue Nachtjacke.«

Die Buben und Mädel erschraken, als sie vor der Scheune Väter und Mütter versammelt sahen. Sie hätten nun himmelgern ihre Fahnen versteckt, die sie heimlich in der Scheune hatten abbinden wollen. Nun war es zu spät. Die Fahnen hinwerfen und ausreißen ging auch nicht. Gesehen waren sie einmal, also zogen sie kleinlaut und recht langsam näher.

»Nur fix! Sollen wir euch Beine machen?« drohte die Schulzenfrau. »Warte, Jakob und Röse, ich will euch was lehren, mir meine Laken als Fahne zu nehmen!«

»Wir wollten Friede erwarten,« riefen die Kinder sehr kläglich.

»Aber der ist lange da! Um drei Uhr ist er schon gekommen; der hat lange Beine gemacht und um zehn Uhr schon frei bekommen,« rief die Waldbäuerin, die eben auch ihr Mariandel suchen kam.

»Juhu,« schluchzte Heine Peterle plötzlich, »jetzt krieg ich die Schimpfe umsonst.«

»Und Haue obendrein!« rief sein Vater; aber es war leicht zu merken, daß er es nicht so ernst meinte.

Es wurde auch mit der Schelte nicht so schlimm. Nur als die Bäuerinnen ein paar Löcher in den Fahnen entdeckten, wurden sie sehr ärgerlich. »Ihr müßt sie selbst flicken,« forderten sie. Als sie aber recht zusahen, waren es immer die

Bubenfahnen, die Löcher hatten. Die Missetäter standen sehr keinlaut und verlegen da; flicken konnten sie doch nicht!

Da zeigte es sich aber, wie gut es ist, daß es Mädel auf der Welt gibt. Und wie hilfsbereit die Oberheudorfer Mädel waren! Krämers Trude, die immer mit einer blanken Eins aus der Handarbeitsstunde heimkam, erklärte gleich: »Ich flicke sie,« und ein paar andere Mädel riefen: »Wir helfen.«

Da hoben die Buben gleich wieder mutig die Köpfe, und ein paar der kecksten bettelten: »Aber sehen muß Friede die Fahnen doch, nur mal sehen; wir machen auch keine Löcher mehr.«

»Er kann doch nichts dafür,« wisperte Waldbauers Mariandel.

»Wird nicht erlaubt,« knurrte Hans Rumpf, der sehr böse darüber war, daß er so lange vergeblich vor der Türe gesessen hatte. »Marsch heim, ins Bett, marsch!«

Die Mütter waren nicht so streng wie der Nachtwächter. Als die Mädel feierlich gelobten, gleich morgen am ersten Ferientag alles sauber und ordentlich zu flicken, und die Buben nicht minder feierlich das Versprechen gaben, nie mehr Röcke, Jacken, Tücher und ähnliche Dinge als Fahnen zu verwenden, durften sie alle mitsammen zu Muhme Lenelies' Haus ziehen und Friede begrüßen.

»Hurra, Friede ist da! Hurra, hurra!« gellte es durch das Dorf. Die Fahnen flatterten lustig, und wenn jemand gesagt hätte: »Das sind aber sonderbare Fahnen!« den hätten die Oberheudorfer Buben und Mädel für sehr dumm gehalten. Traumfriede fand denn auch den ganzen Empfang großartig, auch Muhme Lenelies fand das. Da liefen alle Fahnenträger befriedigt heim, und daß Hans Rumpf diesen ersten Ferientag nicht schön fand, war seine Sache; den Kindern hatte er ausnehmend gefallen.

So glücklich war aber doch kein Bube und kein Mädel wie Traumfriede. Nun er wieder bei Muhme Lenelies in dem lieben kleinen, windschiefen Häuschen saß, merkte er erst, wie groß sein Heimweh gewesen war. Alles hatte er der Muhme gleich an diesem Abend erzählt; auch daß er hatte ausreißen wollen und sich der Kameraden geschämt hatte. Wenn sie es auch schon wußte, er mußte doch das Gesicht sehen, das sie dazu machte. Die Muhme hatte ihn nur mit ihren stillen, guten Augen angesehen und gesagt: »Wir laufen alle einmal ein Stück einen falschen Weg. Die Hauptsache ist, daß wir uns bald zurechtfinden. Nun aber schlaf, mein Junge, es gibt ja noch viele Ferientage.«

Friede reckte und streckte sich in seinem Bett. Wie schön war es wieder daheim bei Muhme Lenelies! O wie köstlich lang doch die Ferien waren; was konnte man da alles unternehmen!

Die Kinder unternahmen auch sehr viel. Sie liefen in den Kuhberger Wald, spielten so heftig Räuber und Prinzessin, daß erst Annchen Amsee, dann Waldbauers Mariandel in den Brunnen plumpsten. Und immer dachten sie am Abend, daß Ferientage sicher achtbeinig seien, so fix laufen sie über die Erde. Traumfriede war bei allem dabei, und wenn Muhme Lenelies manchmal gedacht hatte, es würde dem Buben nicht mehr auf dem Dorf gefallen, so merkte sie nun, wie sehr sie sich geirrt hatte.

Am ersten Tage hatte Friede erzählt, die Sonntagkinder wollten einmal kommen und Jobst von Hellfeld. Aber ein Tag nach dem andern verging, sie kamen nicht, bis sie plötzlich eines Nachmittags ganz unvermutet auf der Dorfstraße standen.

»Was ist das jetzt für 'ne Geschichte,« sagte Schuster Pechdraht erstaunt; »da sind ja auf einmal drei Stadtkinder.« Da stürzte aber auch schon Traumfriede über den Dorfplatz und begrüßte die drei mit lautem Halloh. »Wie seid ihr hergekommen?«

»Kaspar auf dem Berge hat uns mitgenommen,« rief das Füchslein und strich sich sein weißes Kleidchen glatt. »Ich hab' ihn heute früh gesehen und gesagt, ich möchte nach Oberheudorf. ›Komm mit!‹ hat er gerufen, na – – – und da sind wir.«

»Ein paar Tage dürfen wir bleiben,« erzählte Jobst. »Der Wirt hat gesagt, Nachtquartier bekämen wir, nur heimgehen müssen wir zu Fuß, und Herr Professor läßt dich grüßen. Er kann nicht kommen, er hat einen schlimmen Fuß.«

»Und das da ist Heine Peterle, nicht wahr?« rief das Füchslein und stürzte so eilfertig auf diesen zu, daß der beinahe hintenüber fiel vor Schreck. Nachher wurde er aber gleich gut Freund mit dem zierlichen Stadtmädel.

Die drei Städter gefielen überhaupt den Oberheudorfern sehr gut, und es entstand fast ein großer Streit darum, wo sie wohnen sollten.

»Die Buben kommen zu mir, und das Mädel muß ins Schulzenhaus, weil der Schulze nun doch mal der Schulze ist,« entschied Kaspar auf dem Berge. »Immer alles, wie sich's schickt.«

Da der Wirt die Kinder hergebracht hatte, gaben ihm alle recht, und so zog Füchslein in das Schulzenhaus, obgleich es am liebsten bei Muhme Lenelies gewohnt hätte. Aber in dem kleinen Haus war kein Platz, während es im Schulzenhaus eine stattliche Gaststube gab mit einem hochgetürmten Federbett darin. Eine ebensolche stattliche Gaststube bekamen die Buben in der himmelblauen Ente, und sie gaben Kaspar auf dem Berge recht, als der sagte: »Ein Prinz könnte drin wohnen, wenn einer da wäre.«

»In Oberheudorf ist's herrlich,« rief Füchslein am nächsten Tage. »Ich wollte, ich könnte ewig hier bleiben!«

Die Hausfrau schenkte ihr gerade Milch ein und stellte ihr die verlockendsten Honigbrote hin. Jakob, Röse und die jüngeren Geschwister umdrängten den Gast, und Heine Peterle steckte seine Stubsnase zur Türe herein und rief: »Ist se noch da?«

»Warum soll ich denn fort sein?« fragte Füchslein erstaunt.

»Ich dachte, ich hätt's geträumt,« bekannte Heine Peterle. Er schob sich zur Türe hinein, warf einen riesengroßen, bunten Blumenstrauß gerade auf Füchsleins Honigbrot und stammelte: »Du, Muhme Rese sagt, weil de aus der Stadt bist, mußte de Blumen haben. Spielste auch Räuber und Prinzessin mit?«

»Ja,« schrie Füchslein entzückt, »und ich bin der Räuberhauptmann. Ich kann furchtbar schreien, paßt auf!« Und das zarte Stadtmädel schrie so laut und gellend, daß alle Hausbewohner zusammenliefen; selbst der Schulze kam angerannt. »Was macht ihr mit dem Mädel? Potzwetter, mit 'nem Stadtmädel geht man fein um!«

»Die – – die – – ist Räuberhauptmann!« Jakob krümmte sich vor Lachen. Röse und die Kleinen quiekten und kicherten. Heine Peterle aber stand mit offenem Munde da; endlich atmete er tief und bat: »Schrei noch mal!«

»Lieber nicht,« meinte die Hausfrau. »Jetzt hab' ich freilich keine Angst mehr, ihr könntet zu wild für unsern Gast sein. Da geht nur und spielt!«

Und sie spielten. Sie tobten die Dorfstraße entlang, daß Hans Rumpf grollte: »So schlimm war's noch nie.« Sie spazierten durch alle Gärten, sahen in alle Ställe hinein, lärmten um den Brunnen herum, und ganz alltägliche Dinge erschienen den Oberheudorfer Kindern auf einmal schön und groß, weil die drei Städter sie mit so jauchzender Freude bewunderten. Wie konnte sich das Füchslein über ein Lämmchen, ein Zicklein, eine junge Katze oder kleine

Hühnchen freuen! So sehr, daß ihr Heine Peterle, Waldbauers Mariandel und Annchen Amsee am liebsten alles Kleintier gebracht hätten. Und wie gern fuhren Jobst und Ulrich mit auf das Feld hinaus, wo gerade der erste Schnitt getan wurde.

»Die sind besser als ihr,« sagten die Bauern; »die möchten wir wohl behalten.« Da blähten sich die beiden Stadtbuben ordentlich über das Lob, und am Abend schmeckte ihnen das Essen so gut, daß Kaspar auf dem Berge seine helle Freude daran hatte. Denn Gäste, denen es schmeckte, die tüchtig zulangten und die Schüsseln leer aßen, die hatte man besonders gern in Oberheudorf.

In diesem wohlhabenden kleinen Dorfe saßen die Bauern meist schon seit Urgroßvaters Zeiten auf ihren Höfen. Darum gab es in ihren Häusern auch viel stattlichen Hausrat. Geschnitzte Truhen und Schränke, schöne Kannen, Teller und Schüsseln aus Zinn, auch Spinnräder gab es noch, wenn auch nur ein paar ganz alte Weiblein aus alter Gewohnheit die Räder surren ließen. Füchslein ließ sich besonders gern alle diese Dinge zeigen. Die Buben waren mehr für das Draußensein. Wenn Füchslein auch immer sagte: »Am allerbesten gefällt es mir doch bei Muhme Lenelies,« so kroch sie doch im Schulzenhaus, bei Heine Peterles Eltern, bei Amsees und auf dem Waldbauernhof in alle Winkel. Auch in das Schulhaus kamen die Stadtkinder. Der Lehrer war zu Friedes großem Leidwesen verreist; aber die Frau Lehrer zeigte den dreien noch am letzten Tage die Schule. In der sah Füchslein zuerst eine Geige.

»Eine Geige, eine Geige,« rief sie sehnsüchtig, und die Lust nach dem geliebten Instrument erwachte in ihr.

»Kannst du denn spielen?« fragte die Frau Lehrer.

»Ach ja!« Füchslein streckte die Hände aus. »Darf ich darauf spielen, einmal nur?«

»Ja, hole sie dir heute nachmittag. Wenn du gut damit

umgehst, leihe ich sie dir gern.«

»Oh, mit einer Geige muß man gut sein; sie hat eine Seele, sagt Herr Wunderlich,« versicherte Marianne Sonntag eifrig.

»Nun, so hole sie dir jeden Tag!«

»Ach, morgen müssen wir schon fort,« riefen alle drei betrübt.

»Es ist dumm,« brummte Jobst von Hellfeld, der ganz vergessen hatte, daß er nur auf allerdringlichstes Bitten vom Füchslein mitgekommen war.

Am Nachmittag holte sich Marianne die Geige. Am Dorfbrunnen wollte sie spielen; so hatte sie es den Buben und Mädels versprochen.

Ein Mädel, das Geige spielt, hatten die Oberheudorfer noch nicht gesehen, und selbst die allerfleißigsten Hausfrauen ließen ein Weilchen ihre Arbeit ruhen, als Marianne Sonntag zu spielen begann. »Wir wollen auf der Dorfstraße tanzen,« hatten die Kinder gesagt, aber sie vergaßen das Tanzen über dem Spiel. Feine und süße Klänge durchzogen das Dorf. Es war wie das Singen der Vögel im Frühling, wie das Rauschen der Bäume, wenn leise der Abendwind über sie dahinstreicht. Immer stiller wurde es ringsum, und immer mehr Leute ließen ihre Arbeit ruhen und lauschten. Niemand aber hörte andächtiger zu als Muhme Lenelies, Friede und Waldbauers Mariandel. »Es ist, als ob du ein Märchen erzählst, Muhme Lenelies,« sagte Mariandel leise, und Friede dachte an Griechenland, von dem Professor von Spiegel ihm erzählt hatte. Er hörte das blaue Meer rauschen und sah die weißen Tempel am Ufer stehen. Die Sehnsucht erwachte in ihm, dorthin zu ziehen und alles zu sehen und dann auch so davon singen zu können wie Homer, der blinde Sänger.

Daran dachte Heine Peterle nun nicht. Ihm gefiel das Spiel und das zierliche geigende Mädel furchtbar gut. Er schwitzte ordentlich vor Entzücken; er wünschte, seine Feldburger Flöte wäre noch ganz, dann hätte er darauf blasen können, und als Marianne Sonntag die Geige sinken ließ, schrie er: »Das will ich auch lernen.«

»Nä, er ist und bleibt ein merkwürdiger Bube, unser Heine Peterle; aus dem wird noch was Großes,« sagte Muhme Rese zu Muhme Lenelies. Aber die gab keine Antwort. In ihren guten Augen lag ein stiller Glanz, sie schaute Marianne Sonntag an, wie ein Blumenfreund eine feine, schöne Blüte freudvoll betrachtet. Das Stadtmädel schien den Blick zu fühlen; es lief plötzlich auf die alte, arme Frau zu, legte beide Arme um deren Hals und flüsterte: »Muhme Lenelies, dich hab' ich aber doch am liebsten in Oberheudorf.«

»Fein hast du gespielt, Füchslein,« rief Jobst, der stolz auf die Freundin war.

»Ja, schene war's; blasen klingt freilich noch besser,« schnarrte eine Stimme, die wie eine knarrende Türe klang. Hans Rumpf hatte auch zugehört und nickte nun wohlgefällig. »Und gut ist's doch, daß es keine Tänze waren, sonst wär' gleich auf der Dorfstraße getanzt worden.«

»Ach ja, tanzen, wir wollen tanzen,« flehten ein paar Mädels.

»Nä, nä, das ist nicht,« brummte Hans Rumpf. Aber niemand hörte auf ihn. Füchslein begann wirklich eine lustige Tanzweise zu spielen. Sie kletterte dabei auf den Brunnenrand, und um sie herum hüpften und sprangen bald alle Buben und Mädel im Kreise. Im Takt, außer dem Takt, im Polkaschritt und Walzertritt, allein, zusammen, wie es gerade paßte. Eins schleifte, eins wiegte sich, eins schwenkte die Beinchen, als wollte es die eigene Nase treffen, eins trampelte einem andern auf die Füße, ein Mädel purzelte hin; aber alles in allem war es wunderschön.

Der herrliche Abend ging viel zu früh vorbei, und all die

dicken, rotkarierten Federdecken sperrten ihre Mäuler auf, um die Buben und Mädel zu verschlingen. Die ließen sich das auch ganz gern gefallen, und mancher kleine Tänzer drehte sich im Traum noch weiter, linksum, rechtsum, fiedelfiedeldum. Heine Peterle aber sagte noch halb im Schlafe: »Ich will auch fiedeln lernen.«

Nur Traumfriede war an diesem Abend nicht so froh wie sonst. In Feldburg hatte er sich heiß nach Oberheudorf gesehnt, und heute sehnte er sich auf einmal nach Feldburg. Er schämte sich ordentlich, als er immer wieder denken mußte: »Könnte ich morgen einmal heimgehen ins Spiegelhaus! Wie mag es wohl dem Professor gehen?«

»Morgen gehen deine Freunde weg,« sagte auf einmal Muhme Lenelies. »Möchtest du nicht mit und den Herrn Professor einmal besuchen?«

Friede wurde blutrot. Ja konnte denn die Muhme Gedanken lesen, seine Wünsche erraten? Er senkte verwirrt die Augen: »Ich bin furchtbar gern bei dir.«

Muhme Lenelies lachte leise. »Das weiß ich, mein Friede; aber man kann irgendwo sehr gern sein, und es kann doch einen andern Ort geben, wo man auch gern ist. Und eigentlich wär's schlimm, wenn du den Professor nicht lieb hättest.«

Friede atmete tief auf und fiel der Muhme um den Hals: »Dich hab' ich aber doch am liebsten.«

»Und sehnst dich doch hinaus, das ist nun mal so in der Welt. Geh du morgen ruhig mit nach Feldburg, übermorgen kommst du wieder, und wir feiern Wiedersehen.« –

Kaspar auf dem Berge hatte gesagt: »Wen ich geholt habe, den bringe ich auch wieder heim.« Darum brauchten die Stadtkinder auch nicht zu laufen; sie konnten nach Feldburg zurückfahren. Der Abschied wurde ihnen deshalb nicht leichter, und obgleich Jobst und Ulli sagten: »Tränen sind doch dumm,« schluchzte Füchslein ganz herzbrechend. »Kommt mit, ach, kommt alle mit!« bat sie. Sämtliche Buben und Mädel standen vor der himmelblauen Ente, als die Gäste schieden. Sogar die Wickelkinder waren von den großen Schwestern mitgebracht worden.

»Macht's nicht so arg mit dem Abschied!« mahnten die Erwachsenen. Aber die Kinder vollführten ein ganz unglaubliches Geschrei. Jedes hatte noch etwas zu sagen und zu fragen; am liebsten wären sie natürlich alle mitgefahren, und daß Friede es durfte, neideten sie ihm fast. Nur Heine Peterle fehlte. Seine Mutter war da und rief nach ihm; Muhme Rese suchte ihn an den merkwürdigsten Orten. Er war und blieb verschwunden. »Der wartet am Waldrand,« rieten die Kinder.

»Vielleicht liegt er noch im Bett,« sagte der dicke Friede. Doch Muhme Rese versicherte, dort sei er bestimmt nicht.

»Es ist häßlich von ihm, daß er nicht kommt,« schluchzte Füchslein. Da tröstete seine Mutter: »Paß auf, er kommt schon, ihm ist's arg leid, daß du wieder gehst!«

»Uns auch, uns auch,« schrieen die andern Kinder. »Wir besuchen euch alle.«

»Ja,« riefen die Stadtkinder, »bald!«

»Wenn Zirkus ist; im September ist Zirkus,« rief Marianne.

»Was ist denn das, ist das was zu essen?« fragte der dicke Friede nachdenklich.

Füchslein lachte hell auf und vergaß darüber das Weinen. Sie lachte immer noch, als der Wagen schon zum Dorf hinausrollte. »Dort steht Muhme Lenelies vor ihrem Hause,« rief Friede und winkte. Die drei andern taten es ihm nach. Sie winkten, nickten, die Kinder liefen hinter dem Wagen her, und immer wieder klang's: »Auf Wiedersehen, auf Wiedersehen!«

Bis zum Waldrand liefen die Oberheudorfer mit. Ein bißchen Neugier war auch dabei, zu sehen, ob Heine Peterle nicht dort wäre. Er war aber nicht dort, und als die Mitgelaufenen umkehrten und der Wagen in den Wald hineinrollte, sagte Füchslein betrübt: »Heine Peterle liegt vielleicht doch noch im Bette.«

»Nä, da liegt er nich,« erklang's laut, und aus Decken, unter Strohbündeln hervor kroch sehr vergnügt – Heine Peterle. »Ich fahr mit,« rief er stolz.

»Wer fährt mit?« Kaspar auf dem Berge drehte sich flink auf dem Bock herum. »Potzwetter, Bube, was fällt dir ein?«

»Ich will mit, Oheim,« rief Heine Peterle. Kaspar auf dem Berge war nämlich seiner Mutter Bruder, und er hatte gedacht: »Der Oheim nimmt mich schon mit, wenn wir nur erst zum Dorf hinaus sind.«

Er hatte sich aber verrechnet. »So was, das gibt's nicht,« sagte der Wirt. »Ausreißen gilt nicht. Gelt, daß dir's wie denen in Schwipperlingen geht! Nä, steig man runter.«

Da half kein Bitten. Heine Peterle mußte aussteigen. Sein schöner Plan war zu Wasser geworden. »Wir laden dich bald ein,« trösteten die Stadtkinder.

»Ich will auch in die Stadt,« heulte der Bube, »ich lern 's Fiedeln.«

»Lern du nur erst ordentlich das Lesen und Schreiben,« riet der Oheim.

»Nä,« murrte Heine Peterle, »fiedeln ist besser, da macht man keine Kleckse.« Und schwupp, drehte er sich um und lief dem Dorfe zu. Erst als er dort war, fiel's ihm ein, daß er nicht einmal Abschied genommen hatte.

Den vier Reisenden wurde unterdessen die Zeit nicht lang, sie kamen schneller nach Feldburg, als sie gedacht hatten. Erst fuhr der Wirt die beiden Sonntagskinder heim, dann Jobst von Hellfeld, der drei Häuser von denen entfernt wohnte, und zuletzt rollte das Wägelein über den Johannesplan und hielt vor dem Spiegelhaus. Friede sprang heraus, nahm kurzen Abschied und lief dann ins Haus. Niemand hatte ihn gehört, niemand ihn gesehen. Die Tür stand offen, und so kam er unbemerkt an des Professors Studierzimmer. Er klopfte an und trat ein. Da saß der Professor über ein dickes Buch gebeugt an seinem Schreibtisch. Als er den blonden Buben gewahrte, glitt ein froher Schein über sein Gesicht. »Grüß Gott, Oberheudorfer Friede!« rief er. »Das ist recht, daß du einmal kommst; ich habe mich schon sehr nach dir gebangt.«

Da war es dem Friede auf einmal, als flüstere in seinem Herzen eine Stimme: »In Oberheudorf hast du eine Mutter, in Feldburg einen Vater. Ei, hast du es gut auf der Welt, Friede Heller!«

Im Zirkus.

Im September kam wirklich, wie es das Füchslein gesagt hat, nach Feldburg ein Zirkus. Es ist aber noch nicht gesagt, daß alle in einen Zirkus gehen können, wenn schon einer da ist. Die Oberheudorfer Bauern meinten, es sei genug, wenn ihre Kinder in diesen Herbstferien zum Vogelschießen nach Niederheudorf gingen. Vom Zirkus wollten sie nicht viel wissen. Ja freilich, das Vogelschießen lockte nicht minder. Da wollten sie alle hin, und wenn in dieser Zeit jemand gesagt hätte, rechts ist Zirkus, links ist Vogelschießen, kein Kind in Oberheudorf hätte gleich eine Antwort geben können. Einmal bettelte Schulzens Jakob beim Sonntagmittagessen: »Ich möcht' in den Zirkus.«

»Ach was, Vogelschießen ist genug,« brummte der Schulze.

»Aber – – aber, Zirkus soll so fein sein! Friede Hopserling sagt, man muß hin, weil – –«

»Na, wenn's Friede Hopserling so gut weiß, dann soll er dich man einladen und die andern dazu; mir ist's recht.«

Der Schulze schob seinen Teller ein Stück fort. Das war ein Zeichen: »Nun sputet euch, ihr andern, wir haben lange genug gegessen.«

Jakob wagte kein Wort mehr; aber nachher auf dem Dorfplatz erzählte er, was der Vater gesagt hatte. »Friede Hopserling läd uns nicht ein,« schrie Anton Friedlich, »aber vielleicht sonst wer.«

Ja, sonst wer! Niemand fand sich, der es tat. Die Tage kamen und gingen. Das Vogelschießen kam und ging auch vorbei und war vergnüglich wie immer, und schon guckten die Herbstferien in das Schulhaus hinein, und von einer

Einladung war nichts zu sehen und zu hören. Da kam eines Tages ein Brief an den Lehrer, und der ging mit dem Schreiben zum Schulzen. Der lachte und sagte: »Meinetwegen.« Und ebenso sagten noch ein paar andere Bauern, und die Bäuerinnen setzten noch hinzu: »Man gönnt's ihnen schon, das Vergnügen.«

Auch Muhme Lenelies bekam einen Brief, und auch sie schaute froh drein; ja sie guckte geschwind mal nach dem Wetter und sagte: »Wenn's doch schön würde!«

Am nächsten Tag also gab es in der Schule eine große Überraschung. Keine solche, bei der die Feuerspritze die Schulstube unter Wasser setzt oder jemand in die große Trommel fällt oder in sonst etwas hinein, nein, eine wundervolle Überraschung war es. Professor von Spiegel lud Traumfriedes Freunde und Freundinnen zum Zirkus ein. Und das beste dabei war, die Eltern erlaubten es. Glücklicherweise begannen just die Herbstferien, und Sonnabend früh durften sie alle nach Feldburg fahren. Am Nachmittag war im Zirkus eine große Festvorstellung; zu der sollten sie gehen. Der Herr Lehrer hatte die Sache am Schulschluß gesagt, und das war gut. Wohl keines der Kinder hätte sonst mehr aufgepaßt.

»Eingeladen zum Zirkus!« Sie stürzten alle eilfertig auf die Straße. Dort konnte man sich doch ordentlich freuen, und das taten sie auch sehr laut und sehr nachdrücklich. In der Stadt hätten die Menschen wohl gleich die Feuerwehr herbeigerufen oder gedacht, ein Kirchturm oder mindestens drei Häuser wären eingestürzt, der Krieg sei ausgebrochen oder so etwas Ähnliches; doch in Oberheudorf war man nicht so zimperlich.

Vier Schultage waren es noch, und jeder Schultag dehnte und dehnte sich wie ein Stück Gummi. Unglaublich, wie es ein Schultag fertig bringt, so lang zu sein. Aber dann kam doch der Morgen, an dem es hieß: »Heute geht's nach

Feldburg zum Zirkus!« Und daß es kein Traum war, bewiesen die beiden Wagen, die mit Tannengrün geschmückt auf dem Dorfplatz die Stadtfahrer aufnahmen.

Es war eine wunderschöne Fahrt durch den herbstlichen Wald. Die Buchen, die da und dort in den Tannenwald hineingelaufen waren, und die Eichen, die am Rande standen, trugen schon ihr goldrotes Herbstkleid. Sie spreizten ihre Laubkronen stolz in der Sonne und schienen zu rufen: »Seht uns an, wir haben ein goldenes Gewand.« Ach, die armen Bäume konnten viel rufen, die Oberheudorfer Buben und Mädel achteten gar nicht darauf; sie sahen nichts von der Pracht des sonnenreichen Herbsttages, sie schwatzten nur vom Zirkus. Höchstens sagte mal eins: »Die Eicheln fallen schon runter,« oder sie lugten auf der Landstraße nach den Pflaumenbäumen und griffen in die vollen Äste hinein, denn Friede Hopserling zumal, der den einen Wagen führte, fuhr auch immer so seltsam dicht unter den Bäumen dahin.

Im Spiegelhaus warteten die Sonntagskinder und Jobst und Friede auf die Gäste. Fräulein Wunderlich war herübergekommen und hatte mit Frau Emma und Marie ungeheure Töpfe voll Schokolade gekocht. Weißbrot und Kuchen standen bereit, und hinten im Garten waren ein paar lange Tafeln gedeckt. Professor von Spiegel ging lächelnd und heiter auf und ab, schaute sich alles an und freute sich mit seinem Pflegesohn auf die Gäste. Füchslein war in namenloser Aufregung. Sie rannte immer zwischen Tor und Festplatz hin und her. »Ich kann's kaum erwarten,« rief sie immer wieder. »Friede, freu dich doch, schrei mal, du bist so still!«

Traumfriede gehörte nun nicht zu denen, deren Freude überlaut ist. Wenn er sich so recht innerlich im Herzen freute, war er meist sehr still. Aber Jobst besorgte etliche Male das Freudeschreien, und drüben in Wunderlichs

Garten krähte der kleine Teufel wie besessen. »Er ahnt, daß die Oberheudorfer kommen,« sagte Marie. »Es ist ein sehr kluges Tier.«

Endlich kamen sie. Die beiden Wagen rumpelten laut und vernehmlich über den Johannesplan, und ein paar Minuten lang war der stille Platz von dem fröhlichsten Leben erfüllt. »Muhme Lenelies,« rief Friede plötzlich aufgeregt und stürzte auf die alte Frau zu, die zwischen allen Buben und Mädeln aus Friede Hopserlings Wagen kletterte.

»Nun siehst du, mein Friede,« sagte die alte Frau vergnügt, »da bin ich auch einmal. Wenn man eingeladen wird und es so arg bequem hat, nach der Stadt zu kommen, ist es eine leichte Sache.«

Muhme Lenelies konnte es schon sagen, daß es arg bequem sei, auf einem Mehlwagen zu fahren, denn sie war viele, viele Jahre als Botenfrau den weiten Weg zwischen Oberheudorf und Feldburg hin und her gegangen. Heute kam sie als lieber Gast. Professor von Spiegel und Fräulein Wunderlich gingen ihr beide so freudevoll entgegen, als wäre die einfache alte Frau ihnen schon eine gute, langvertraute Freundin.

Das Schokoladenfest im Spiegelhaus war sehr schön, aber das allerschönste war dann doch der Zirkus. Der war so groß, daß sicher das ganze Niederheudorfer Vogelschießen mitsamt dem Karussell, dem Kasperletheater, der Pfefferkuchenfrau und allem, was sonst da war, hineingegangen wäre. Die Buben und Mädel sagten gleich alle am Eingang: »Ah,« und sie waren ein bißchen ärgerlich, daß sie nicht »ah« genug sagen konnten, denn ein Mann rief immer: »Weiter, weiter, Stehenbleiben ist verboten.«

»Das ist in Niederheudorf nie verboten,« knurrte Schnipfelbauers Fritz; aber als er von einem nachfolgenden Mann einen Puff in den Rücken erhielt, ging er doch eilig weiter.

Der dicke Friede hatte einen heißen, sehnsüchtigen Wunsch; es war der, nur einmal im Leben ein richtiges Kasperle zu sehen. Ein Kasperle war für ihn das Allerlustigste, Allerschönste, was er sich denken konnte. Als nun gleich zu Anfang ein Clown in die Reitbahn sprang, entzückte ihn dieses große, lebendige Kasperle so, daß er in ein nicht endenwollendes Gelächter ausbrach, in das seine Gefährten jauchzend einstimmten. Und weil es die Oberheudorfer vom Niederheudorfer Vogelschießen so gewöhnt waren, mit dem Kasperle zu reden, so schrieen sie allesamt: »Guten Tag, Kasperle, wir sind da!«

»Freut mich sehr.« Der Clown war etwas verblüfft; der Zuruf paßte nicht in sein Spiel. Er fragte aber doch: »Woher seid ihr denn?«

»Aus Oberheudorf!« tönte es zurück, und von gegenüber kamen ein paar Bubenstimmen: »Herrjeh! die Oberheudorfer sind auch da!«

Der Clown grinste und schoß zehn Purzelbäume hintereinander, so fix, daß Anton Friedlich bewundernd rief: »Der kann's fein.« Aber da ritt plötzlich eine wunderschöne Dame in die Reitbahn, die in ihrem rosa Kleid mit goldenen Flügeln wie ein leibhaftiger Engel aussah. Sie verneigte sich auf ihrem Pferd, sprang in die Höhe, streckte erst das rechte, dann das linke Bein in die Luft und ergriff schließlich ein von der Decke herabhängendes Seil. Flugs lief in diesem Augenblick das Pferd unter ihr weg, und Heine Peterle, den eine namenlose Angst um die schöne Dame ergriff, warnte: »Du, dein Pferd reißt aus.«

»Seid doch still da oben,« rief der Clown.

»Ja,« brüllten die Buben und Mädel nach Niederheudorfer Gewohnheit, und das Pferd erschrak über das Gebrüll und stieg erschrocken kerzengerade in die Höhe.

Der Stallmeister rief »Stille!« und der Clown drohte mit der Faust. Nun sieht aber ein Clown, wenn er ernst sein will, erst recht komisch aus, und die Buben und Mädel fanden es denn auch so spaßhaft, daß sie vor Vergnügen kreischten und auf ihren Sitzen hin und her wackelten. Das steckte an, der Zirkus dröhnte vor Lachen. Da aber keine lustige Nummer auf dem Programm stand, sondern Miß Florence Wilson ihre Künste als Seiltänzerin zeigen sollte, ging der Clown rasch hinaus.

»Adjeh, Kasperle! Legste dich ins Bett?« schrieen sämtliche Oberheudorfer, und von neuem rauschte das Lachen durch den Zirkus.

»Nä, Kinder, ihr müßt doch stille sein,« mahnte Muhme Lenelies, während Professor von Spiegel lachte, daß ihm nur immer die dicken Lachtränen über die Wangen rannen. Die Kinder dachten: »Wenn man in der Stadt ist, hört man darauf, was Stadtleute sagen.« Da der Professor jedoch schwieg und selbst lachte, achteten sie nicht auf der Muhme sanfte Mahnung, sondern brüllten: »Kasperle, komm raus, Kasperle, komm raus!«

Da! Atemlos stieß Heine Peterle Annchen Amsee an. Die schöne Dame war an dem Seil hochgeklettert und schwebte nun wie ein großer Schmetterling in der Luft auf und ab. »Die kann fliegen,« kreischte Schulzens Jakob, während Heine Peterles Augen vor Erstaunen immer runder und kugliger wurden.

Jetzt trat Miß Florence auf ein hoch über dem Boden ausgespanntes Seil, und aus der Luft schwebte eine Geige herab. Die ergriff sie und begann auf dem dünnen Seil stehend zu spielen. Sehr schön klang das nun zwar nicht, und Füchslein dachte: »Dies sollte Herr Wunderlich hören, der möchte gut schelten!« Aber die Oberheudorfer gingen beinahe auseinander vor Staunen. Sie waren noch ganz verdattert, als ein Reiter mit vier Pferden in die Bahn sprengte und diese die merkwürdigsten Dinge vollführten. Sie sprangen, stellten sich auf die Hinterbeine, tanzten. Und

Bäckermeisters Mariele flüsterte: »Am Ende sind's gar keine richtigen Pferde.«

»Guten Tag, Kasperle, biste wieder da?« brüllten etliche Buben, und Mariele vergaß ihren Zweifel über dem Kasperle, das mit einem Purzelbaum in die Reitbahn schoß. Hinter ihm drein kam noch eins, aber auf einmal – nein, das war doch nicht schön – fing der schwarze Herr mit den Kasperles an zu zanken; er sagte, sie hätten ihm etwas weggenommen.

»Laß se doch, die tun doch nischt,« schrieen Jakob und Schnipfelbauers Fritz empört.

Aber der schwarze Herr kümmerte sich gar nicht darum, er schalt immer weiter, immer heftiger auf die Kasperle. Das wurde dem dicken Friede zu toll, er nahm einen Apfel, den er in der Tasche hatte, und warf ihn höchst geschickt dem schwarzen Herrn an den Rücken. Dabei kreischte er zornig: »Die haben nischt genommen, ich hab's doch gesehn!«

»Nicht wahr?« Der erste Clown trat an die Rampe und sah zu den Oberheudorfern hinauf. »Du bist aber gut, daß du mir hilfst!«

Der dicke Friede wurde klatschmohnrot vor Freude über das Lob, er reckte sich ordentlich und schrie: »Verhau den schwarzen Herrn, der ist eklig!«

Schwupp lief das Kasperle zu dem schwarzen Herrn hin; es legte den Kopf auf die Seite und sagte mit dünner Stimme: »Erlaubst du es mir, daß ich dich verhaue?«

»Der ist aber dumm, der fragt erst,« riefen ein paar Buben, und sie fanden es höchst begreiflich, als der schwarze Herr sagte: »Nein, ich erlaube es nicht, mach daß du fortkommst.«

In diesem Augenblick drehte sich eins der Pferde um und fuhr mit seinem Maul in des Clowns Hosentasche. Der schrie laut auf und flüchtete, hopps, sprang er über die

Bänke, sauste über die Köpfe hinweg und platsch – saß er mitten zwischen den Oberheudorfer Buben und Mädeln. Die kreischten wie besessen. Ein paar Mädel flüchteten unter die Bänke, der dicke Friede schnappte wie ein Fisch nach Luft, und der ganze Zirkus bebte von dem Gelächter der Zuschauer.

Aber – trapp, trapp, trapp – kam das Pferd die Treppe herauf. Wutsch, kroch der Clown hinter Krämers Trude und Schulzens Röse her unter die Bank und jammerte: »Der war's, der war's!« Dabei zeigte er auf den völlig sprachlosen Friede.

Und da – – laut gellte das Angstrufen der Kinder durch den Zirkus –, das Pferd packte den dicken Friede am Hosenboden und trug ihn davon.

»Es frißt ihn, es frißt ihn, es macht ihn tot! Halt, halt! huhuhuhu!«

»Aber Kinder, 's ist nur Spaß!« Der Professor konnte kaum noch vor Lachen. Traumfriede tröstete: »Aber seid doch still, seid doch still!« Fräulein Wunderlich nahm gleich zwei heulende Mädel auf den Schoß. Muhme Lenelies wußte nicht, um wie viele sie schützend die Arme breiten sollte. Die Nachbarn beruhigten: »Kinder, Kinder, es ist ja nur ein Scherz!« Doch das half alles nichts. Die Kinder brüllten, als ob sie alle miteinander gebraten werden sollten. Selbst Füchslein, das doch die Sache kannte, brüllte mit. Nur Heine Peterle brüllte nicht, der zeigte, was ein echter Held in der Welt ist. Trapp, trapp – polterte er auch die Stufen hinab, dem Pferde nach, und urplötzlich fühlte sich das so fest am Schwanz gepackt, daß es den dicken Friede erschrocken fallen ließ und der in den Sand der Reitbahn kollerte.

Der schwarze Herr und ein paar Diener sprangen herbei, hoben Friede auf und führten das Pferd zur Seite. Rings von den Bänken und aus den Logen heraus aber ertönte ein nicht endenwollender Jubel: »Bravo, bravo, bravo!«

Das schien dem Pferd besonders gut zu gefallen, denn – eins, zwei, drei – ergriff es Held Heine Peterle am Hosenboden und trug ihn nun im sausenden Galopp in der Reitbahn herum, bis ihm der Stallmeister ein »Halt« zurief.

»Jetzt frißt er Heine Peterle!« Anton Friedlich und Schnipfelbauers Fritz wollten auch hinunter, wollten auch Helden sein. Doch der Professor hielt sie erschrocken fest; ihm war es ordentlich unheimlich zumute geworden bei dem Geschrei.

Unten sprach der Stallmeister mit dem Pferd, und während der Diener die beiden Buben vom Staub reinigte, lief das Pferd hinaus und kam wieder und – – brachte eine riesengroße Zuckertüte. Die legte es vor Heine Peterle nieder, dann kehrte es wieder um, lief noch mal zurück, kam noch mal wieder und brachte eine zweite Zuckertüte für den dicken Friede.

Da vergaßen oben sämtliche Oberheudorfer Buben und Mädel ihre Angst, und jubelnd fielen sie in das Bravorufen des Publikums ein.

Der Stallmeister sagte unten etwas zu den Buben, und stolz kehrten diese nun wieder auf ihre Plätze zurück. Das Pferd aber kam – trapp, trapp – hinter ihnen her.

»Vielleicht holt's uns, und wir kriegen auch 'ne Tüte,« sagte Anton Friedlich hoffnungsfroh, aber der Clown jammerte: »Es holt mich, es holt mich!«

»Kriech nur wieder unter die Bank,« rieten die Kinder hilfsbereit, obgleich den Mädeln das Kasperle so in der Nähe recht unheimlich war. Aber da war schon das Pferd und – schnapp – hatte es den Clown am Hosenboden gepackt und trug ihn nun die Treppe hinab. Unten rollten die Diener eine große Tonne herbei, und o Entsetzen! das Pferd steckte Kasperle in die Tonne. Eine Zuckertüte gab's nicht.

»Das ist, weil er gelogen hat,« rief Heine Peterle und preßte stolz seine Zuckertüte ans Herz. Trotzdem sah er mitleidig nach dem Kasperle aus. Würde das in der Tonne stecken bleiben? Die Diener rollten die zur Bahn hinaus, sie rollten und rollten sehr heftig, und auf einmal war der Clown draußen, und niemand hatte es gesehen. Die Oberheudorfer brachen in stürmischen Jubel aus: »Kasperle, das war fein!«

»Lebt wohl!« rief der Clown, stand plötzlich auf den Händen und lief so davon.

»Komm bald wieder!« brüllten ihm alle nach. Da drehte er sich wie ein Rad und stand wieder auf den Beinen und quiekte mit ganz hoher, dünner Fistelstimme: »Ach nein, jetzt muß ich mich bei meiner Mutter in einen Pflaumenmußtopf schlafen legen, lebt alle wohl!«

»Heute macht der Clown auch zu dumme Witze,« brummte ein alter, griesgrämiger Herr hinter den Kindern, der sich schon die ganze Zeit über den Lärm geärgert hatte.

Da drehten sich urplötzlich alle Buben und Mädel um und starrten den Griesgram namenlos verwundert an. Der wurde ordentlich verlegen und murrte: »Das sind ja unglaublich ungezogene Rangen.«

»Ungezogen, diese Kinder? Na hören Sie, mein Herr, die tun doch nichts,« rief Fräulein Wunderlich entrüstet. Ihr, die sonst so leicht gescholten hatte, gefielen alle diese Buben und Mädel gut, denn in ihrem Herzen war ein Türlein aufgesprungen, durch das viel Freude und Liebe aus und ein gehen konnte. Waldbauers Mariandel, die neben ihr saß, streichelte sie zutraulich und flüsterte: »Du bist aber nett, Fräulein Wunderlich.«

Annchen Amsee huschelte sich von der andern Seite an sie an, und Traumfriede drehte sich um und nickte ihr strahlend, dankbar zu.

Der verdrießliche Herr aber brummelte weiter. Dies war ihm nicht recht und das. Einige Buben sagten schon untereinander: »Er ist wie Hans Rumpf, wenn er seinen Linksaufstehtag hat.«

»Das Schwatzen stört,« knurrte der Herr wieder, schon zornesrot im Gesicht.

Unten standen gerade acht Pferde steif in einer Reihe, und alles wartete neugierig, daß sie springen würden, da tönte in die tiefe Stille, die just über dem Zirkus lagerte, Annchen Amsees helles Stimmchen hinein: »Gib dem Herrn was aus deiner Tüte, Heine Peterle, der ärgert sich nur, weil er keine hat.«

Hunderte von Augen richteten sich auf den Platz, wo die

Kinder saßen, und alle diese vielen, vielen Augen sahen, wie Heine Peterle über die Köpfe seiner Gefährten hinweg seine Tüte dem brummigen Herrn darbot.

»Es sind furchtbare Kinder,« dachte der. All die lachenden Blicke waren ihm äußerst fatal, und in seiner Verlegenheit griff er wirklich in die Tüte, und weil er sich schämte, lächelte er dazu ganz freundlich, und Heine Peterle lächelte wieder und sagte in hörbarem Flüsterton zu Schulzens Jakob: »Jetzt sieht er nicht mehr so böse aus!«

»In der nächsten Pause geh' ich,« dachte der brummige Herr wütend. »Für diese Nachbarschaft danke ich.« Aber dann kam die Pause, und kaum hatte sie begonnen, da wandte sich Heine Peterle wieder um, streckte ihm nochmals seine Tüte hin und fragte treuherzig: »Gelt, das ist fein?« Und auf einmal lächelten ihm alle Buben und Mädel freundlich und ermunternd zu. Da vergaß er das Weggehen und blieb; er vergaß aber auch das Brummen, denn der Jubel der Oberheudorfer erklang immer von neuem so laut, so selig froh, daß sich darüber die griesgrämigsten Mienen aufhellten.

Was gab es aber auch nur für wunderbare Dinge in diesem Zirkus!

Vier feuerrote Clowns brachten vier rosenrote Schweinchen an, und die machten allerlei Kunststücke. Sie sprangen und marschierten auf Befehl, wie es noch nie in Oberheudorf ein Schwein getan hatte.

»Warum machen sie's nur bei uns nicht?« tuschelten die Kinder einander zu. Ein paar Augenblicke später hatten sie diese Frage schon wieder vergessen, denn lauter schöne Fräuleins schwebten in die Bahn. Auf einem Wagen wurde eine Prinzessin hereingefahren, und nun gab es einen wundervollen Tanz. Als er zu Ende war, war auch die Vorstellung zu Ende, und der Professor mahnte zur Heimkehr.

»Schon aus?« »Ach, ich wollte, ich könnte bis morgen bleiben,« erklang es. Draußen auf der Straße aber rief der dicke Friede laut: »Ich werd'n Kasperle.«

»Ich so einer, der mit den Pferden springt,« schrie Anton Friedlich, und das wollten noch etliche andere ebenfalls. Die Mädel wollten so wunderschöne Tänzerinnen werden. Annchen Amsee quiekte: »Ich so eine mit Flügeln,« und Schulzens Jakob, ein dicker, purzeliger Bube sagte bestimmt: »Ich werd' auch so'ne Dame!« Nur Heine Peterle blieb dabei: »Ich lern 's Fiedeln.« Alle waren sich aber darüber einig, einstmals zum Zirkus zu gehen, und Friede Hopserling riet ihnen: »Bleibt doch gleich da!«

Das wollten sie nun doch nicht, nur der dicke Friede schwankte ein wenig, dann kletterte er aber doch noch fix mit auf den Wagen. Vorläufig erschien ihm das Elternhaus noch verlockender. Freilich, der Abschied von Feldburg wurde ihnen allen an diesem Abend bitter schwer, und sie alle stimmten laut und sehnsüchtig in des Füchsleins Ruf ein: »Ach, lägen doch Feldburg und Oberheudorf nur etwas näher zusammen!«

Beim Abschied hielt Muhme Lenelies Herrn von Spiegels Hand fest in ihrer arbeitsharten. Sie wollte ihm danken für alles, was er an ihrem Friede getan hatte und noch tun wollte, aber sie vermochte nur ein paar Worte zu reden. Doch der alte Herr klopfte und streichelte die Muhme herzlich und sagte: »So Gott will, sehen wir uns noch oft, ehe unser Friede ein Mann geworden ist.«

»Und Gott geb's, daß er ein rechter Mann wird,« flüsterte die alte Frau. »So einer wie sein Pflegevater,« fügte sie ganz leise hinzu.

Der Professor aber hatte es doch gehört. Er sah der alten Frau in die guten Augen und sagte fest: »So einer, der seiner Pflegemutter Ehre macht.«

Von den andern hatte niemand auf das Zwiegespräch

geachtet. Die schwatzten, lachten und lärmten, bis Friede Hopserling »hüh hott« rief und die beiden Wagen davonrollten. Bis Wiesental etwa ging's noch laut in den Wagen zu, dann wurde es still und stiller. Ein Kind nach dem anderen schlief ein; zuletzt wachten außer den Kutschern nur noch Muhme Lenelies und Friede. Die sahen beide, wie der Mond groß und rot über den Bergen emporstieg. Dann sahen sie, wie sein Licht in den Wald eindrang, sie hörten das Rauschen der Bäume und hin und wieder den verschlafenen Schrei eines Vogels. Manchmal kletterte auch Friede Hopserling vom Wagen herunter und schaute nach, ob noch alle da waren, ob nicht eins im Begriff war hinauszufallen. »Die bringen alles fertig,« dachte er und stopfte kräftig ein vorwitziges Bubenbein in den Wagen zurück. Reden tat er nicht dabei, und auch der Schulzenknecht, der den andern Wagen führte, störte die Muhme und ihren Pflegesohn nicht im traulichen Zwiegespräch.

»Möchtest du auch zum Zirkus gehen?« fragte Muhme Lenelies den Buben lächelnd.

»Nein!« Der schüttelte den blonden Kopf und schmiegte sich fest an die treue alte Freundin an. »Muhme Lenelies, weißt du, weit in die Welt hinein reisen möchte ich einmal wie der Herr Professor. Griechenland möchte ich sehen und viele, viele fremde Länder und viel, viel lernen und – –.« Traumfriede wollte noch viel; große Taten wollte er vollbringen, Schönes, Gutes tun, alles wollte er. Nur die alte Muhme und der Heimatwald hörten, was er alles wollte, sann und dachte. Knabenträume waren es, aber Muhme Lenelies dachte bei diesen Träumen doch: »Vielleicht wird mein Friede noch einmal einer, dessen Name einst die Welt mit Stolz und Freude nennt. Warum soll in einem kleinen Dorf wie Oberheudorf nicht auch ein großer Mann geboren werden, ja warum nicht?«

www.ingramcontent.com/pod-product-compliance
Lightning Source LLC
Chambersburg PA
CBHW030543040726
47497CB00008B/2572